川上善兵衛 23 歳
岩の原葡萄園開園間もない頃

晩年の勝海舟

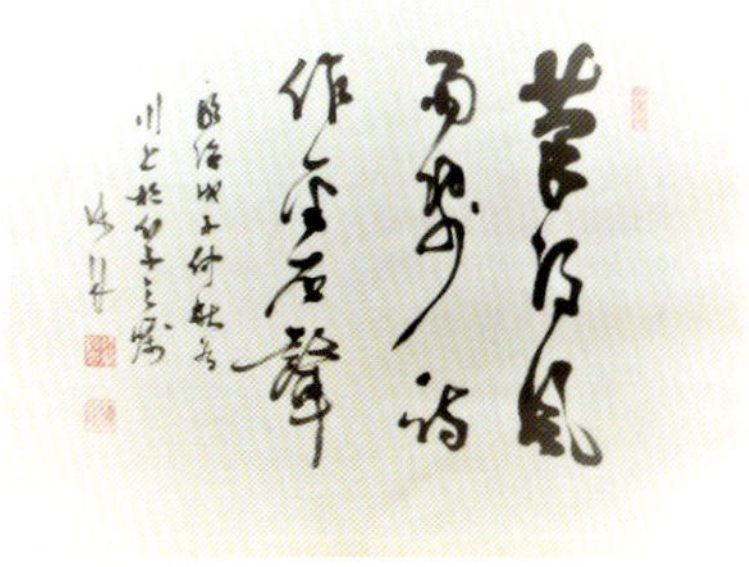

勝海舟が川上善兵衛に贈った詩

第二園の風景

実りの季節を迎えた岩の原葡萄園（明治時代後期）

葡萄園で働く農民たち（明治期から大正期頃・農舎前で撮影）

明治時代後期から大正にかけての岩の原葡萄園工場内。
圧搾器やポンプなどの醸造用器具が設置されている。

醸造用桶の周りに敷き詰められた雪。
冷却することで発酵熱を抑え、ワインの味を向上させた。

菊水印純粋葡萄酒の広告用写真

日本葡萄酒株式会社東京支店

東宮殿下行啓時のぶどう畑

家族写真。左から川上善兵衛、アツ、達子、コウ、トシ、トヨ、英夫。（1914 年頃）

川上善兵衛（左）・英夫（右）の貴重なツーショット写真

川上善兵衛著『実験　葡萄全書』全三巻

ぶどう畑の中の川上善兵衛

マスカット・ベーリーA

鳥井信治郎

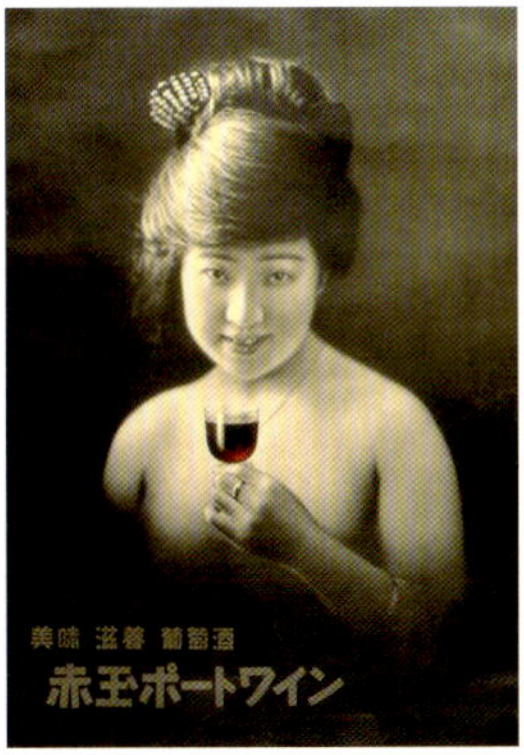

赤玉ポートワインの広告ポスター

助教授時代の坂口謹一郎（1927～1932 年頃）
〈提供：上越市〉

赤玉ポートワイン

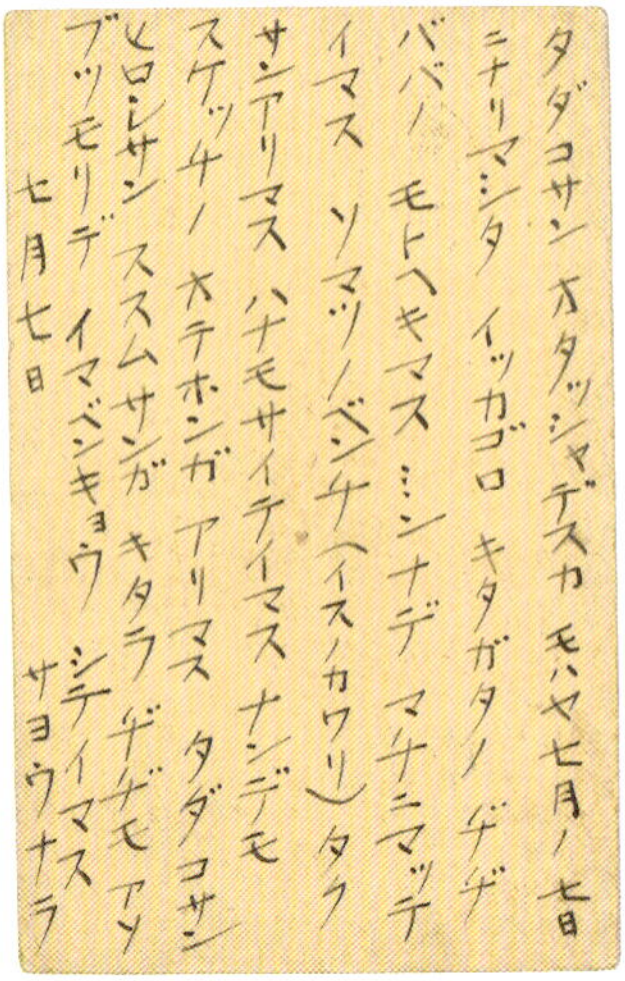

タダコサン オタッシャデスカ モハヤ七月ノ七日
ニナリマシタ イッカゴロ キタガタノ ヂヂ
ババノ モトヘキマス ミンナデ マチニマッテ
イマス ソマツノベンチ(イスノカワリ)タク
サンアリマス ハナモサイテイマス ナンデモ
スケッチノ オテホンガ アリマス タダコサン
ヒロシサン ススムサンガ キタラ ヂヂモ アソ
ブツモリデ イマベンキョウ シテイマス
七月七日 サヨウナラ

幼い孫（倉石尹子《ただこ》）に宛てた川上善兵衛のはがき。カタカナで優しく語りかけるような善兵衛の文章が印象的。

晩年の川上善兵衛

川上トシ

葡萄色の夢を追いかけて　～川上善兵衛ものがたり～

目次

本書は二〇二一年十一月から二〇二四年二月まで新潟日報「おとなプラス」に掲載した連載「葡萄色の夢を追いかけて～川上善兵衛ものがたり～」を再編集しまとめたものです。本書発行に合わせて一部加筆修正をしています。

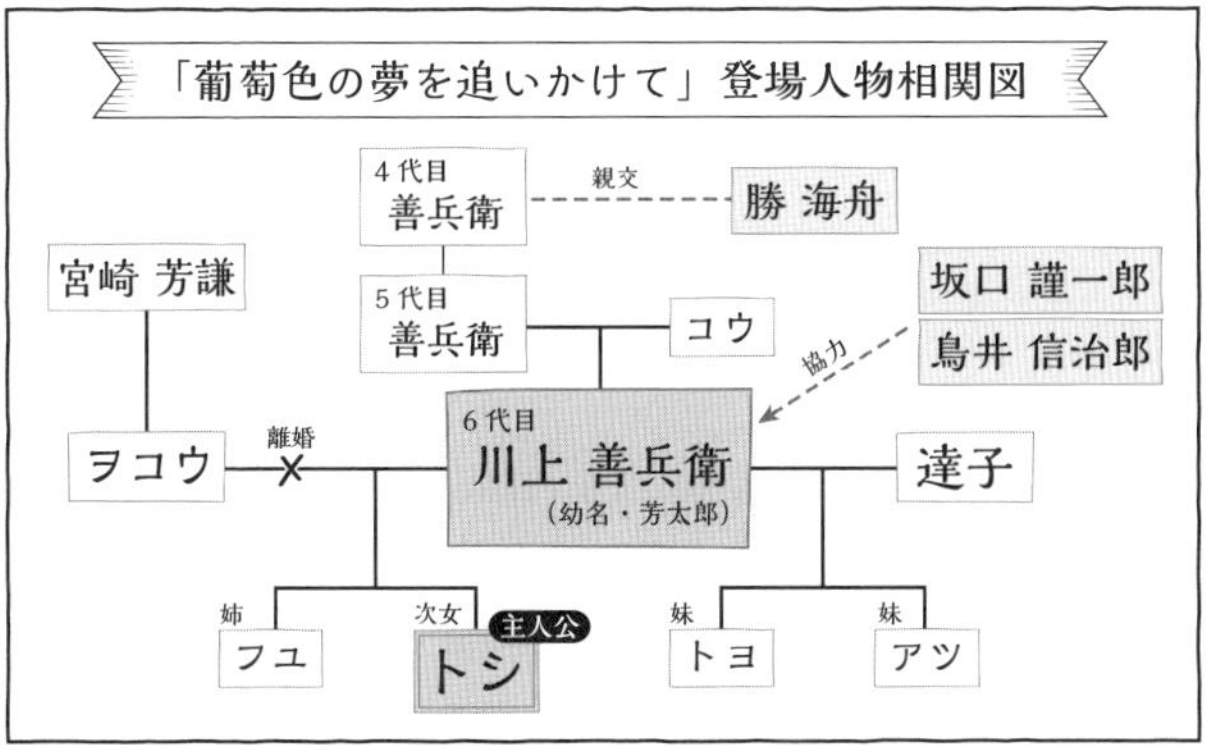

葡萄色の夢を追いかけて

〜川上善兵衛ものがたり〜

第１章　私はトシ、父の名は川上善兵衛

見晴らし台――。そこは、私の家の裏、小高い山のすぐ上にある展望台のことだ。そこに広がるぶどう畑を目指して、まだ薄暗い早朝5時、たくさんの竹木や草が生い茂る急斜面の林の中を私と父は真っすぐ登っていく。

「トシ、早くおいで」

「待ってよ、お父様。木の枝が顔に当たって、痛いの」

少し涙ぐみながら父の後ろを必死に追いかける、ちょっと泣き虫な女の子が私。そんな私に目もくれず、すたすたと先を急ぐのが私の父である。

ぶどうの生育状況を観察することが日課の父は、裏山の見晴らし台へ行く時、普通の人が歩かないような林の中を近道する。いつしかそこには人が歩けるような小道ができて、通称「蛇道《へびみち》」と呼ばれるようになった。そんな蛇道を幼い私が歩くのには、理由がある。見晴らし台からの風景をいち早く見たいからだ。

「着いた。ちょうどお日様が登ってくる頃ね」

見晴らし台から眺める眼下の斜面は辺り一面ぶどうの葉で青々と埋め尽くされ、そこから先に視線をのばせば、米どころと言われる雄大な頸城平野が広がる。実りを迎えた稲穂が朝日に照らされて、はるか遠くに横たわる日本海まで辺り一面を金色に染める。私のお気に入りの風景の一つだ。

時は明治時代の中頃。父は、ぶどうの栽培からワインの製造・販売までを一手に行うワイナリー「岩の原葡萄園」を興した有名人だ。ただし、頭に「一風変わった」という言葉が付く。

それは、まだワインという飲料が人々の間に定着していなかったその時代に葡萄園を開設したこと。そして、ぶどう作りには一番不利な全国的にも名高い豪雪地で始めたことが理由だ。

そんな父の名前は川上《かわかみ》善《ぜん》兵衛《べい》。そして、私は娘のトシ。父は、現代では「日本のワインぶどうの父」なんて呼ばれているそうだけど、父のせいで私たち家族は大変な目に遭っている。

これは、ぶどう作りに人生をささげた、父・善兵衛の激動の半生をつづった物語である――。

「懲りずにまた蛇道を通って行ったの?」

見晴らし台から家に戻ると私の二つ年上の姉・フユが話しかけてきた。

「ええ、そうよ。この時期の風景が一番素敵だから」

「だからってあんな道を通ることないでしょうに。物好きな子だねえ」

隣から祖母のコウが理解できないという顔をして言ってきた。

私の家族は父の善兵衛、そして姉と祖母の四人家族である。え？　母と祖父はどうしたかって？　それは後ほど話したいと思うわ。

「では、行ってくるぞ」

「はい、行ってらっしゃいませ」

早速朝食を済ませて仕事場の葡萄園に向かう父を私たち姉妹は見送った。と言っても、私たちの家のすぐ裏手が岩の原葡萄園である。そこはかつて雑木林の小山で御旗山と言った。その地を父は葡萄園に変えた。当初、家の庭で始めたぶどう畑だけでは広さが足りなかったからだ。自家の田を売って、雑木林を買い入れ、三〇〇人もの村人たちを雇って開拓を始めた。連日、多くの村人たちが川上家の敷地の中を通って裏山に入り、次々に雑木林を倒し、あっという間にはげ山になった後、辺り一面がぶどうの苗木で埋め尽くされたそうだ。

「北方《きたがた》の若旦那が狂ったかのように、自分の庭を壊し、ぶどうを植え始めた」

この噂は瞬く間に村全体に広がった。家族や知人、親類縁者などが、父にぶどう栽培をやめるよう必死に説得した。でも、父は聞く耳を持たず、ぶどう栽培を進めた。

一部の村人は、狂気に満ちたその行動を揶揄し始める。葡萄園の中に林立するぶどう樹の支柱にたとえ、「川上の馬鹿棒」と言って笑う者も出てきた。私たちが村内を歩いているると、「馬鹿棒」の家族がやってきたなどと陰口を叩かれ、とても嫌な気持ちになる。

そこまでして、なぜ父は葡萄園なんてものを始めたのだろう。私は、この疑問を祖母にぶつけてみた。すると、そこには父の大きな志があったのだ。


「トシ、あなたのお父様は、小作人の生活を良くしようと、さらには国家発展のためにと、ぶどう作りを始めたんさ」

「え、ぶどう作りが国家発展につながるの？」

「すぐには信じられないけど、そんなことを今でも考えているんさね」

半ば呆れたような表情を浮かべる祖母。

「やはり最初から話し始めないと、なんでそんな大それたことを始めたのか分からんよね」と言って祖母は続ける。

「話は善兵衛が生まれた頃までさかのぼるんさ」

やった！　父が子どもの頃の話が聞ける。私は、目を輝かせた。

「時は、江戸時代から明治時代へと時代が大きく変わろうとする慶應４年３月10日。ここ北方で一人の男の子が産声を上げたんさ。そう、それがあなたの父・川上善兵衛だよ」

ちなみに北方とは、現在の新潟県上越市北方のことである。

「川上家は江戸時代から続く家柄で、頸城平野一帯に広大な農地を所有し、かつては家から約十五キロ離れた直江津という海沿いの街まで、他人の土地を踏まずに行けるほどの大地主でね。善兵衛は、そんな川上家の跡継ぎとして生まれ、幼名は芳太郎《よしたろう》と言ったんさ」

「あたし、知ってる。『善兵衛』という名前は、代々当主が襲名するしきたりで、お父様はその六代目に当たるんだよね」

「まあ、そんな難しいことも知っているんだね。待望の跡継ぎが生まれて、皆大喜びだったね。ちょうど文明開化の波が中央から地方へと押し寄せてきた頃で、川上家の当主である五代目善兵衛※、つまりトシのおじい様と私、そして、多くの使用人に囲まれて芳太郎は大切に育てられたんさね」

「ねえ、お父様は小さい頃、あたしみたいに泣き虫だった？」

「そうさね。そんなところもあったかね。でもね…」

そう言うと祖母は大きくゆっくりと息を吐きだした。

「芳太郎が七歳の時、川上家に大きな出来事が起きてね」

「え？　何があったの？」

※本名は邦直《くになお》

「芳太郎の父であり、私の夫でもある五代目善兵衛が亡くなってね。とても慎み深く、真面目な人だったわ。書道の腕前は、これまでの川上家当主の中で一番だったとも言われていてね。しかし、体は強くなく、常に病との闘いの連続だったんさね」と祖母は遠くを見つめながら話を続ける。

「幼い芳太郎にとって父の姿はいつも病気に悩まされ、薬を手放すことができず、床に伏せている。という記憶しかなかったでしょうね。そんな五代目善兵衛を必死で看護してきたけど、享年二十八歳という若さで残念ながら亡くなってしまったんだわね」

「お父様と歳がほとんど変わらない。今、お父様が亡くなったら、悲しくて涙が止まらない」

「そうね。芳太郎もかなりのショックを受けたようだったね。しかし、悲しんでばかりもいれない。芳太郎は七歳で、六代目善兵衛の名を受け継ぐことになったんさね」。あまりにも幼い当主の誕生だった。

しかもこの時、芳太郎の他に三歳と一歳三カ月になる二人の妹もいた。祖母は、六代目の母として、幼き子ども三人を抱えてこの困難を乗り切らなければならなかった。川上家にとって大変な危機だったのだ。

「それで、それで、どうしたの？」

「私一人で芳太郎を育てたら、甘さが出てしまい、川上家の当主として欠かすことのできない資質が身に付かないと思ってね。このままでは、川上家に未来はない。将来の川上家のためにも心を鬼にして、人一倍厳格な教育をしなくてはと思ったでね。そこで、親戚の家に預けて厳しく育ててもらうことにしたんさ」

そう話した時の祖母の真剣な表情は忘れられない。よほどつらい思いをして、父を預けたのだろう。また、父も母親と引き離されて、とても悲しかったことだろう。今の私にはとても考えられないことが起きたのだ。

「よいですか、善兵衛。あなたはこれから、大叔父様の森本家でしばらくご厄介になります。川上家の当主として立派な大人になるため、しっかり学んでくるのですよ」

と、祖母は当時、父に語った言葉を教えてくれた。

「はい、お母様」

父は力強く答えて、上杉謙信の居城・春日山城の麓、春日《かすが》村大豆《だいず》（現在の上越市大豆）にある大叔父の森本文一郎様の所へ向かったという。

「お父様は学校に通ったの？」

「ええ、善兵衛が通い始めた大豆小学校には多くの子どもたちがいたんさね」

「じゃあ、お友達がたくさんできたね」

「実はそうではねえ」

「え？　どういうこと？　お友達ができなかったの？」

「ちょっと待ちな」

祖母は、背にしていた箪笥の引き出しの中から、一通の古い手紙を取り出した。

「これは、森本様から私宛てに来た手紙でね。その時の善兵衛の様子を私に教えてくれたんさ」

祖母は、その手紙の一部を読んでくれた――。


学校に通ってしばらくすると善兵衛の様子がおかしいので、森本様が声をかけてみたという。

「どうかしたのか、善兵衛」

「自分の素性と家のことを明かしたら、同級生の態度が急変し、冷たい態度で接してきたのです」

「それは君が豪農の家の子で、他の同級生は小作人の家の子だからだよ」

森本様が諭すと、善兵衛は尋ねた。

「なんでそんな理由で態度が変わるのですか」

「では、家の外に出て近所をよく見てきてごらん。君と同級生との間になぜ溝ができてしまったのか分かるはずだ」

すると、善兵衛はすぐさま家を飛び出した。数時間して帰ってきた険しい顔の善兵衛に
「溝ができた理由が分かったかい?」と問うと、善兵衛は顔を曇らせたまま答えた。

「はい。小作人の犠牲の上に、豪農としての自分の裕福な生活が成り立っているからです」

「その通りだ。君が見てきたものを話してくれ」

森本様が促すと、善兵衛は切なそうに話し始めた。

「父親が出稼ぎに出て家族と離れ離れになってしまった家や、泣く泣く娘を売ってしまった家がたくさんありました。小作人はそんな悲劇の中で、耐え苦しみながら生活をしているんですね」

「そうだ。『三年一作』という言葉があるように、米作りで順調な収穫が得られる年は、せいぜい三年に一度なんだ。それだけここら辺は水害や冷害が多い。だから、農民の生活は一向に良くならない。そして、そのしわ寄せが小作人にくる。そのことをよく覚えてお

くんだ」。そう諭すと、善兵衛は力強く「はい」と返事をしたのだという。

「善兵衛にとって、本当にいい勉強になったはずだ。農民の生活や心情が分からなければ、川上家の当主として人の上に立つことはできないからね。これからの成長が楽しみだ」

森本様の手紙はそう締めくくってあった。

「そんな理由でお友達がなかなかできず、お父様は心を痛めていたんだね」

私は気付いた。この幼い頃の経験が、ぶどう作りに情熱を燃やす父の思いに大きく影響していることを。

大豆小学校に通い始めて数年後、父は杉野瀬村《すぎのせ》（現在の上越市名立区杉野瀬）にある大伯父の竹田確太郎《かくたろう》様の家に移り、杉野瀬小学校に転校した。

「竹田家と川上家は、深いつながりがあるんだよね」

「ええ、確太郎様の父・勘兵衛《かんべえ》様は、川上家から養子に入った方さ。善兵衛の祖父、四代目善兵衛は逆に竹田家から養子に入って川上家を継いだ方だでね」

「勘兵衛様は、江戸時代に人々のために立派なことをされたって聞いたことがあるよ」

「そうさね。名立川のほとり、川東用水を整備したことで有名な方だでね」

そう話しながら、祖母は、当時父が書いた手紙を取り出し、読み始めた。

「お母様、私は大変貴重な勉強をさせてもらっています。ご存じの通り、勘兵衛様は全長十六キロにも及ぶ川東用水を整備し、農民たちが稲作を安定して行うことができるよう、公共の利益のために力を尽くされました。完成までの道のりは、とても大変でしたが、勘兵衛様は人々の暮らしの向上のために諦めませんでした。私も勘兵衛様のように、地域のために役に立つ仕事をしたい」

父の強い思いが伝わってくる手紙だった。

「お父様が地域のために葡萄園を拓いたのは、この時の経験も関わっているんだね」

「その通り。お父様のことがだいぶ分かってきたね」

「それから、お父様はどうしたの?」

杉野瀬小学校を卒業した父は、高城村《たかぎ》(現在の上越市高田地区)の木村容斎《ようさい》先生が私宅で設ける塾に入った。

「漢学や習字・算学の他、世の中の動きについても学んだでね」

「木村先生は、高田藩校の修道館で教官を務めた方だよね。知ってるよ」

「あら、トシも物知りだねえ。木村先生の教えの中で、特に善兵衛が興味を持ったのは東京の様子さね。それがきっかけで、善兵衛は東京に憧れを持ってね。ある日、こんな事を言ってきたんさね」

「え？　何、何？」

「『お母様、私は東京へ出て、見聞を深めて参りたいと思います。是非、東京へ行かせてください』ってね。明治15年4月、善兵衛がまだ十四歳だった頃だね」

「へえ、そんなことを言ったんだ。それで、おばあ様はどうしたの？」

「もちろん、反対したんさ。『何を言っているのですか、あなたはまだ十四歳。しかも川上家の大事な跡取り。東京に出るなんて許しません』ってね」

だが、父は素直に応じなかった。

「お母様、今この国は近代化を遂げ、大きく変わろうとしています。その様子を直接、この目で見たいのです」。そう言って引き下がらなかった。

「お母様は、郵便制度を作った前島密さんという方をご存じでしょうか？　その方はこの高田の出身で、三十年以上も前にオランダ医学を学ぶために十二歳という若さでたった一人、東京に旅立ったそうです。私は、前島さんのような行動力と向上心を見習いたい。

お母様は、私に川上家を継ぐ立派な当主になるようにと、さまざまな学問を学ぶ機会を与えてくださいました。その学問をさらに深め、この国の発展のためにできることを探しに東京に行って参ります」

父は祖母が止めるのを聞かず、半ば家出のような形で東京へ行ってしまう。

「お父様、もうその頃から頑固者だったんだね」

「ほんとだね」

私と祖母は苦笑した。

「高田から東京までおよそ二六〇キロあってね。当時は高田と東京を結ぶ鉄道も開通していないから、一週間かけて歩かなければならなかったんさね。けど、善兵衛は東京に憧れていたからねえ。そんな距離は全く苦にはならなかったんさ」

「ああ、東京ってどんな所なんだろ」

「そうさね。トシは東京に行ったことがないものね。善兵衛の話だと、広くきれいに整備された道路に面して、レンガ造りの西洋風の建物が軒を連ね、馬車や洋装の人々が行き交う近代的な街並みが広がっていたそうだでね。そんな風景に善兵衛はとても圧倒されたみたいだね」

「お父様は東京に出て、まず何をしたの」

「福沢諭吉先生に会って、その教えを受けるため、先生が開設した慶應義塾に通うことにしたんさね」

「福沢先生？」

「そう、福沢先生は『西洋事情』や『学問のすすめ』など国民にさまざまな事柄を教えてくれる本をお書きになっていてね。教育者・実業家として活躍しているとても偉い方なんさ」

「そこで、いっぱい勉強したんだね」

しかし、祖母は首を横に振った。

「善兵衛は途中から学校へ通うことを辞めたんさね」

「ど、どうして？」

「本人に聞いても話してくれないから本当のところは分からないけど、どうやら自分が学びたいと考えていたことと授業内容が違っていたようだったんさね。そのせいで、次第に学校へ行かなくなったそうだでね」

「えー、せっかく東京に出たのに、お父様は何をしているの」

「そうさね。おそらく学問を学ぶというよりも、世のため人のためになる生き方を学びたいと思っていたのかもしれないね」

「それで帰ってきたの？」

「いいや、善兵衛は次に勝海舟様の邸宅を訪ねることにしたんだてね」

勝海舟様は幕末の英雄で、明治政府の高官としても活躍した人物だ。

「あの海舟様の所に？　田舎から出てきた十四歳の少年が簡単に会うことなんてできるの？」。私は驚きの声を上げげた。

「それは、この手紙を読んで見ると分かるんさね」と、また祖母は一枚の手紙を取り出した。

きっと父からの手紙だ。門前払いで帰ってきたというところかな？

「コウさん、あの時の赤子がこんなに立派に成長した姿を見ることができて、とてもうれしかったよ」

あれ？　違う。

「それにしても驚いた。『勝先生はいらっしゃいますか』と突然、あなたの息子さんが拙宅の玄関先に現れた。事情を知らない使用人の男が先に出たから追い返されそうになったけど、堂々と自分の素性を話してね。そこで、私は成長した善兵衛君と初めて対面できたよ。四代目善兵衛の邦寛《くにひろ》殿の若い頃にそっくりだ。古い友人に再会した気分になったよ」

「もしかして、この手紙の差出人って」

「そう、海舟様だよ」

「ええっ！　海舟様からのお手紙？　お父様、海舟様に会えたんだね」

「実はね、川上家と勝家は江戸時代から交流があってね。そんな縁から、善兵衛は海舟様と面会ができたんさね」

祖母の話によると、川上家と勝家は親しい間柄であったそうだ。

海舟様の曾祖父・銀一《ぎんいち》様は、川上家のある上越市の北方とは数十キロの距離にある越後国三島郡長鳥《ながとり》村（現在の新潟県柏崎市）の出身だった。貧しい農家に生まれ、目に障がいがあったという。しかし、若くして移り住んだ江戸で鍼医《はりい》となり、米山検校《けんぎょう》を名乗って富を築いた。

一方、父の祖父・四代目善兵衛もかなり優秀な人物として知られていた。中央の政界や文化人、芸術家らと交流があり、「越後に川上家あり」と言われるほどだった。

江戸で出会った海舟様と四代目善兵衛はゆかりの土地が近く、年代も同じことからすぐに意気投合し、そこから深い付き合いが始まった。

「四代目善兵衛が亡くなった後も、残された川上家の人たちを心配してくれてね。しばしば海舟様から文が届いたもんさね」と祖母は振り返る。

海舟様からの手紙を読む祖母の姿を見て、父は海舟様に会いたいと思ったのだろう。

「この出会いが、それからの善兵衛の人生に大きな影響を与えたんさね。それはこの手紙で分かるんさ」

そう言って、祖母は父の手紙を読み始めた。


「勝先生は時間があれば、いつでも気軽に自宅に寄るようにと、温かいお言葉をかけてくださったので、私はその言葉に甘えました。勝先生は、私がこれまでに出会った人物とは、ひと味もふた味も違った魅力を持った方でした。江戸っ子らしさというのか、何事にも包み隠さず本音で語りかけてくる姿をはじめ、激動の幕末を乗り切った知恵と経験に裏打ちされた深い見識に満ちた言葉に、あっという間に引き込まれてしまいました。武勇伝とも言えるご自身の来歴に加え、西郷隆盛や木戸孝允、明治政府の要職を務める伊藤博文などに対するとても辛辣な人物評などの話はどれも面白く、次の話の展開を聞きたくて、毎日のように通い続けてしまいました」

海舟様との出会いを父はうれしそうにつづっていた。

「幕末に勝先生は遣米使節の護衛で咸臨丸を指揮し、太平洋横断に成功しました。その航海で見聞きした外国の食生活や風習、科学、飲み物、写真などのお話をされました」。そして、手紙はさらに続く。

「日本人は主食としている米を酒にして飲んでいますが、これから人口が増えたら米不足が生じ、重大な問題となります。しかし、西洋ではぶどうを原料とするワインを飲んでいるため、食料を減らす必要がありません。ワインを日本酒に代わる日本人の飲料とすれば、米を節約することができ、さらに高品質の国産ワインがあれば、現在輸入に頼っている外国産ワインを減らし、国の資金流出を止めることもできると教わりました。そして私は、初めてワインを口にしたのです。新しい時代の幕開けを予感させる味でした」

そうか、このワインとの出合いが、父の人生を大きく決定づけることになるんだ。

「その時、海舟様は五十九歳。十四歳の善兵衛にとっては祖父のような年齢の差だけど、幼くして父を亡くしてしまった善兵衛は、海舟様に自分の父親の姿を重ね合わせていたのかもしれないね」と祖母は語った。

その後、東京での生活は数カ月で終わる。跡取りの父を心配した祖母が呼び戻したからだ。志半ばで北方に戻った父は、跡取りとしてこの地を離れることが難しいことを痛感した。そして、北方でこれから自分がなすべきことを考え始めたようだ。殖産興業や国利民福——。「この考えを生かせる道がきっとあるはずだ」と考えたのだろう。

父は、独学でフランス語と英語を学び始め、海外から多くの知識を得ることを始めた。そして、北方に戻って三年が経った頃だった。

「善兵衛に縁談の話が巡ってきてね。相手は、隣村の里五十公野《さといぎみの》村※きっての豪農、宮崎芳謙《ほうけん》の次女・ヲコウだよ」

「ようやく、あたしのお母様が出てきた」。お母様の話に私の胸が躍り出す。

「この時、二人とも十八歳。若い二人の結婚の話に、周囲は大いに沸き上がったんさね」

「ねえねえ、白無垢姿のお母様はきれいだった？」

「もちろんさね」

父と母の初対面ってどんな感じだったんだろう。母の白無垢姿を一目見たかった。私の想像は膨らむばかりだ。

「おじい様が亡くなった後、おばあ様一人で大変だったから、結婚はとてもうれしかったんでしょ？」

「そう、トシの言う通りさね。川上家のかじ取りをようやく善兵衛に任せて、ヲコウと二人で新しい未来を切り拓いてくれるって思ったでね。でもね」。祖母の表情が一気に曇っ

※現在の上越市三和区

た。

「そんな親心とは裏腹さね。善兵衛は結婚を機に、一大決心をしていたんさ。小作人と地主である自分との間にあった溝を取り除き、共に手を取り合って生きていく方法を見つけて、それを実行に移したんさ」

「それって、もしかして」

「そう、ぶどう作りだよ」

父は米作りだけの農業では、小作人の生活の改善は望めないと考えた。小作人が耕している水田を潰さずに、荒れ地や廃田、不毛傾斜の山林などで耕作できる果樹を探していた。そのとき、海舟様の邸宅で初めて口にしたワインが頭に浮かんだのだろう。ぶどうであれば、やせた土地でも育てられる。ワインを製造すれば、多くの収入が得られると考えたようだ。

盛大な婚礼から数カ月後、父は家族の前で自分の決意をこう話し始めた。

「私はこれから、この北方の地でぶどうを栽培し、ワイン造りを始めます。しかし、私にはぶどう栽培に関する知識や経験が不足しています。そこで、栽培や醸造のイロハを学ぶため、修行の旅に出ることにします」

「皆びっくりだよね」

「そうだね。突然の告白に、家族全員、動揺を隠せなかったね。だから、私はすぐに反対したんさ」


「な、何を言っているのですか、善兵衛。あなたは先祖代々の大切な土地を守り、この川上家をさらに発展させるのです。ぶどうなどと言う果物を栽培するなんて許しません。ましてや、この川上家に嫁いでくれたチコウを一人残して旅に出るなどもってのほかです」と祖母は猛反対した。

「旦那様、どうかお考え直しください」

母も続いた。

しかしながら、父は家族の意見には一向に耳を傾けようとしなかった。

父は、普段は冷静で堅実な姿を見せているが、時折直情的で熱血漢溢れる頑固な性格を垣間見せる。自分がこうと決めたことは頑として変えず、一心不乱に突き進む。まさに、このぶどう栽培がそうだった。

「この地に新しい産業を興して、小作人の暮らしを少しでも楽にしたい。これまでの米作りだけではいつまでも苦しい生活のままです。ぶどう栽培によって、皆の生活を少しでも豊かに変えるのです。何を言われようと私の決心は変わりません」

父は家族に熱く語ったという。新しい挑戦に向けて意気揚々と心高ぶる父。その数日後、ぶどう栽培を学ぶ修業の旅に出てしまった。

父の決意と行動に家族は戸惑い、結婚して間もない母は慣れない家に取り残された。孤独と不安に心を痛めたはず、かわいそう――。

「さてと、ここから先は、直接お父様に聞いた方がいいね。どんな修業の旅だったのか、教えてもらっておいで」

「うん、分かった。お話、ありがとね」


その日の夜、早速私は姉と共に父の書斎へ向かった。普段はあまり行かない父の書斎。少し緊張気味に部屋に入り、修業の旅について聞かせてとお願いすると、二つ返事で了解してくれた。

「なんで私も一緒なの?」と、隣では姉が小声で文句を言っている。

だって、私一人だけだとなんか心細いじゃない。

夕食が終わると、父は書斎に入って読書にふけるのが日課だ。国内の他、海外の書籍も取り寄せて、知識を得ている。本当に勉強熱心だ。私が父の生い立ちを祖母から聞いたと言うと、父は少し照れくさそうだったが、湯飲みに入ったわずかなワインをぐいっと飲み干し、「まず、日本のワイン造りの始まりは、山梨県甲府市で山田宥教《のりひろ》と詫間《たくま》憲久《のりひさ》の二人が、明治3年頃にワイン造りを始めたことだと言われている」と父は語り始めた。

「明治政府も最初はワイン造りを奨励していたが、その政策はかなり後退してしまった。今は私のような農家や地域の経済人などの力により、ワイン醸造が進められ、民間主導で日本のワイン造りが少しずつ広まってきているんだ」

そう、父は若くして未開の地とも言えるぶどう栽培に足を踏み入れたのだ。

「ここにある文献でぶどう栽培に関する知識は色々と蓄えたが、それだけで経験がない。独学で成功するほど、農業は簡単ではない。それは、何十年も米作りをしてきている小作人たちが、天候や稲の病気などに絶えず悩まされ、満足のいく米作りができていない状況を見聞きしてきたからよく分かる」

そんな理由から、父はワイン造りの先人たちのもとを訪れて技術の指導を受け、経験を重ねることが重要と考え、一人旅に出ることにした。

最初に訪れた先は、東京の谷中で谷中撰種園《せんしゅ》を経営する小沢善平《ぜんぺい》さんの所だ。「ぶどう栽培の先覚者」として有名な方だ。

時に明治20（1887）年。信越本線の群馬県内の高崎─横川がその二年前に開通。翌

19年には新潟県内の直江津―関山が開通するなど、この間に近代化が急速に進んでいた。父の二度目の上京は、鉄道と徒歩の組み合わせで、当時よりも移動時間がぐっと短くなっていた。こうして修行の旅は始まった。

「小沢善平さんは、日本人として初めてぶどう専門書を書いたと言われ、その著書『葡萄培養法摘要』に、私はとても感銘を受けた。この人の教えを是非受けたい。そう思って、彼の農園を訪れたんだ」と父が話す――。

私は前のめりになって聞き入った。隣の姉は少しつまらなそうにしている。

小沢さんは、もともと横浜の生糸輸出商に勤めていたが、西洋文化に触れる中で、幕府の許可を得て就学と商業を目的として米国に渡った。

六年もの間、カリフォルニアに滞在する中で、ぶどうの苗木の研究や栽培、ワイン造りの技術を習得して帰国した。そして、谷中と高輪で苗木商として、ぶどう栽培を始めたという。

さらに、現代の日本で数多く栽培されているぶどう品種デラウェアを日本に広めたのは小沢さんだと言われている。

「小沢さんの撰種園に到着すると、農園の入り口付近で苗木の世話をしている農夫が視界に入ったから声をかけたんだ。すると、その農夫は『とても面白い。私のようにぶどう栽培に挑戦する若者がいるとは、とても興味深いね』と、手ぬぐいと帽子を取り、ひげを蓄えた口元に笑みを浮かべて、返答してきた。びっくりしたね。その人物こそが小沢さん本人だったんだ」

　小沢さんとの対面を果たした父は、すぐに自分の思いを伝えた。小沢さんは、ぶどう栽培の技術を快く教えてくれたという。

　その教えは、栽培技術を詳細に紹介した小沢さんの著書通り、西洋ぶどうの苗木の特徴を的確にとらえており、父は多くの事を吸収していった。特に、さまざまな西洋ぶどう品種の栽培技術に加えて、それら西洋品種を海外から輸入する方法に関する教えは、これからのぶどう栽培に大きく役立ったようだ。

　なお、この三年後、小沢さんは妙義町諸戸《もろと》（現在の群馬県富岡市妙義町）の官有地の払い下げを受け、葡萄園を始めた。その年は偶然にも、父が岩の原葡萄園を拓いた明治23（1890）年と同じ年だった。

「浅草で人気のワインを売っている人物がいる」

小沢さんからそう教えられて、父は次の修業の場として神谷《かみや》傳兵衛《でんべえ》さんを訪ねた。

神谷さんは、東京都台東区浅草一丁目にある日本最初のバー「神谷バー」の創設者であり、後に茨城県牛久市にワイン醸造所（現在の牛久シャトー）を開いた人として知られている。

明治13（1880）年、浅草で後に神谷バーとなる「みかはや銘酒店」という濁り酒の一杯売りを開業。日本人の口に合う輸入ワインを再製した甘いワインを製造し、明治19（1886）年には「蜂印香竄葡萄酒《はちじるしこうざんぶどうしゅ》」として販売し、好評を博したという。

「小沢さんの言葉通り、みかはや銘酒店は多くの人々で賑わいを見せていた。私はその熱気にワイン造りという産業が、大きな可能性を秘めていると感じたよ」

そう話す父はうれしそうだった。

父が、みかはや銘酒店の暖簾をくぐると、一人の恰幅のいい男性が一杯のワインを手に持って立ち、まるでこれを飲むようにと言わんばかりに、黙ってそのグラスを父の目の前に差し出したという。父はそのグラスを手に取り少しずつ口に運んだ。

「美味しい」

海舟様の家で飲んだワインとは違う甘美な味わいに、父は驚きを隠せなかった。男性は、父の表情を見てとても誇らしげに笑いながら言った。

「善兵衛君かな?　よく来たね」

その恰幅のいい男性こそ神谷さん本人で、どうやら事前に小沢さんが話を通してくれて、彼は父の訪問を待っていたのだった。

当時の日本人の口には、ワインの渋みや酸味が受け入れられなかった。そこで、神谷さんは輸入ワインに砂糖などの甘さを加え、日本人の口に合う甘味ワインを開発したという。

「神谷さんは、全くの初対面である私に、大事なワイン造りの秘訣を惜しげもなく教えてくれたんだ」と父は懐かしそうに語った。

父は次に東京を離れて山梨へ向かった。日本のワイン造りのルーツである山梨で、ぶどう栽培や醸造の技術を学ぼうと考えたのだ。

「ワイン造りの技術を本場・フランスで学んできた人が二人もいると聞いてね。彼らが働いている祝《いわい》村の大日本山梨葡萄酒会社を目指したんだ」

「その二人って?」

「高野正誠《まさなり》さん、土屋龍憲《りゅうけん》さんだ」

そして、現代のワインメーカー「メルシャン」は、この大日本山梨葡萄酒会社を源流としている。

「私が山梨入りして初めて知ったんだが、大日本山梨葡萄酒会社は経営難のためすでに解散していたんだ。これには本当に困った」

「それで、お父様はどうしたの？」

「するとね。幸いなことに、土屋さんがすぐ隣でワイン醸造を続けていることを知ったんだ。すぐさま土屋さんの所へ行って、ワイン造りの技術を学びたいと願い出たのさ」

「土屋さんが近くでワイン造りをしていて、良かったね」

しかし、父の顔色が冴えない。

「その時、土屋さんは宮崎光太郎さんとの共同のワイナリー立ち上げで忙しくて、何度お願いしても教えてもらうことができなかったんだ」

「ええ？　ダメだったの？」

私が心配そうに聞くと、横から姉が割って入る。

「きっと、いつもの調子で無理やり教えてもらったんでしょ？」

「いや、今回ばかりはダメだった。私の熱意は理解してもらったが、指導を仰ぐことはできなかった。しかし、何度も何度も粘ったら、土屋さんから同じ祝村出身の高野積成《さねしげ》さんを紹介してもらってね。そこで、ぶどう作りと醸造技術を学ばせていただくことになったんだ」

「あー、良かった」と私は胸をなでおろした。

父は早速、積成さんが経営する広大な葡萄園を訪れ、指導を願い出た。

積成さんは、ぶどう栽培に全財産を注ぎ込み、新しいワイン醸造会社を設立するほど、父に勝るとも劣らずワインへの情熱に溢れた人だった。ぶどう栽培に強い覚悟をもって臨もうとしている父の志がうれしかったようで、積成さんは快く父の申し出を受け入れ、すぐに栽培技術の指導が始まった。

すると、積成さんは父に次のように提案してきた。

「善兵衛君、ぶどう栽培をしっかりと学ぶには、最低でも数年は必要だろう。私の家に住み込みで働いてみないか？」

この提案を父は喜んだ。一人の農夫として住み込みで初歩から学ぶことになった。

「ぶどう栽培は、一年かけて剪定、消毒、房作り、袋かけ、傘（笠）かけ、収穫、出荷という流れで進む。この一つ一つの作業を積成さんは丁寧に教えてくれたんだ」

と父は振り返る。

「初めての農作業は大変だった？」

「もちろんだ。農作業は朝早いうちから始まり、日が沈むまで続く。小さい頃から厳しい母に育てられてきたとはいえ、ぜいたくな暮らしを続けてきた私にとって、本格的な農作業は全くの初めて。弱音を吐きそうになったよ。でもね、私は小作人たちの仕事の大変さを改めて実感できたと同時に、彼らと同じ体験ができたことがうれしかった。この辛さの一つ一つが、私の志すワイン造りへの道に一歩一歩、着実に近づいていると考えると、体の奥底から力が自然と湧き出てきたのだよ」

このように語った父の目は、いつも以上に輝いていた。

数カ月経ち、すっかり農夫の仕事が板についた父のもとに、フランスで修行してきた正誠さんが、勤めていた和歌山の会社が経営不振で解散したため、山梨に戻ってきたとの知らせが届いた。

父は積成さんを通じて、正誠さんからもフランス帰りの最先端の栽培・醸造技術を学ぶことができた。本場の技術は大きな刺激となった。

住み込みの修業が始まってしばらく経ったある日、積成さんは父を栃木県芳賀郡粕田《かすだ》村（現在の栃木県真岡市）にある野州葡萄酒会社の農場へ連れていった。

そこは、明治15（１８８２）年に設立され、翌年に積成さんと土屋さんが加わり、ぶどう栽培とワイン醸造を始めた会社だった。

「一からぶどう栽培と醸造を始めようとするのなら、設立して間もないこの会社の経営を見ておくことが勉強になるはずだ」

積成さんはそう言って、父を連れ出した。

「ここでの視察は、大きな収穫だったよ。ぶどう産業を興すための経営の流れを学ぶことができたからな。しかし、株式会社を設立し、資金を集めて事業を進めることには正直戸惑った」

「どうしてそう思ったの?」と私が尋ねた。

「ぶどうを自分自身のための金稼ぎの道具としか見ていない者がいたからさ。小作人たちの新しい収入源として産業を興そうとしている私の志とは、大きく異なるものだった」

数カ月後、山梨に戻った父は多くの人の利害が絡む会社組織より、自分の志を通せる個人経営が良いのではないかと考え始めたそうだ。これは、父が頸城平野屈指の大地主で、莫大な資本を有していたからこそできた、父独自の発想であったと思う。

積成さんは、明治13(1880)年に興業社を創立。殖産興業政策に沿った新品種、新器械の導入や農書の普及などを中心に、全国にぶどう樹の頒布と試植を行っていた。興業社の西洋ぶどう品種の普及活動なくしては、明治のぶどう栽培の発展はなかったとも言われるほど、その功績は著しいものだった。父は、積成さんの普及活動を目の当たりにし、甲州以外のさまざまな西洋品種にも触れる機会を得た。

こうして、父の修行の旅は約三年もの月日を費やして終了した。そして、いよいよ家族が待つ北方の地に戻り、念願の葡萄園を自らの手で切り拓くのだった。

「ねえ、お父様。あの大切そうに飾ってある額は何なの？」

姉が突然、書斎の柱にある額縁を指さして質問した。

「あれは勝先生からいただいた大事な詩だよ」

「そのお話、聞かせて」

さっきまでつまらなそうにしていた姉が身を乗り出すと、父は額縁を柱から取り外して話し始めた。もう、せっかく、これから葡萄園開園のお話が聞けると思ったのに――。

「積成さんの所で一年ほど修行を積んだある日のことだ。しばらく留守にしていた北方の家に戻ることにしたんだ」

父は住み込みで働き始めてから、ぶどう栽培にのめり込んでしまい、一度も帰省することがなかった。心配した積成さんが帰省を促した。そこで父は「私一人で帰るわけにはいかない。拙宅に招待したい」と言って、積成さんと正誠さんを連れて一緒に帰ることにした。

「おーい、帰ったぞ」

北方に戻った父が玄関先で声を張り上げると、突然の帰宅に驚いた妻が出てきた。

「へ、へえ。旦那様、お帰りなさい」

「私が山梨でぶどう栽培の技術を教わっている高野積成さんと高野正誠さんだ」

「これは、これは。旦那様が大変お世話になっております」

「ささ、上がってください。うん？　どうされましたか？」

見ると、二人は目を丸くして落ち着かない様子で声を上げた。

「ぜ、善兵衛君。も、申し訳ない」

「な、何がです？」

「山梨で農夫として働かせている善兵衛君の家が、こんなに立派だったとは…。自分たちの家の十倍以上も大きい。小作人のように厳しく使ってしまい誠に申し訳ない」

積成さんたちは父に謝った。しかし、父は逆に恐縮して「これからも今まで通りに厳しく指導してください」と帰省早々、玄関先で談笑があったという。

家の中に入るや否や、お客様そっちのけで、家族から修行の旅の質問が次から次へと飛んできた。そんな中、祖母が問いかけた。「海舟様にぶどう栽培のことを伝えているのかと。

父はぶどう栽培を始めることをいつ、海舟様に伝えるべきか悩んでいた。

「今すぐ伝えなさい」。そう祖母に促されて父は決心した。

「分かりました。早速、東京へ行ってきます」

積成さんと正誠さんを数日もてなした後、父は身支度を整えて汽車に乗った。途中二人と別れ、海舟様の邸宅を目指した。

父は赤坂の邸宅の前に立つと、大きく深呼吸をしてから足を踏み入れた。

「おお、善兵衛、久しぶりだな。五年ぶりかな？　見ない間にとてもたくましくなったな。さあ上がって、上がって」

海舟様との再会を果たした父は、書斎に通された。

「勝先生、今日は大切な話があって参りました。実は…私はワイン造りを始めたいと考えています。ワインで皆が豊かに暮らせる社会を作りたいのです！」

父は、一片の曇りもない鋭い眼差しを海舟様に向け、思いの丈をぶつけた。

沈黙が流れた。「反対されるのか？」

そう父が思い始めた矢先、海舟様はゆっくりと口を開いて「そうか、お前さんの気持ちはよく分かった。少し待ってくれ」と言って、席を外した。

数分後、奥の部屋から戻ってきた海舟様は、筆と半紙を持っていた。

「善兵衛、お前さんの志はとても良い。思うようにやってみるがいい。ただし、ぶどう栽培を始める者を俺も色々見てきたが、とても大変だ。下手をすれば、これまでの財産を全て失うことにもなりかねない。くれぐれも気を付けるように」と諭した。

そして、手にした半紙に一つの詩を書き始めた。

筆は風雨の劇《はげしさ》を得て
詩は金石の声を作《な》す

「あ、額縁に入っている詩の言葉だ」と姉。

「この詩をいただいた時、私の手は大きく震えたものさ。勝先生に認めていただいた喜びから、ぶどうに賭ける意気込みが最高潮に達したからね」

「艱難辛苦《かんなんしんく》に耐える力を得てこそ、輝かしい成功を克ち得るであろう」

これが詩の意味である。ぶどう栽培とワイン造りの厳しさを十分に熟知している海舟様が、これから父の身に訪れる幾多の困難を予言して贈った激励の言葉だった。そう、そこには順風満帆な未来などなかった。待ち受けているのは、茨の道だった。

「ずっと話し続けたら、喉が渇いてしまった。フユ、トシ、ワインをおかわりだ」

私たちが父の湯飲みを持って台所へ行くと、そこに祖母がいた。

「お父様から修行の旅の話を聞いているのかい？」

「うん、そうだよ。今、海舟様の詩の話だよ」

「へえ、そうかね」

「けど、意外だったなあ。おばあ様はぶどう栽培に反対のはずだから、海舟様の所に行きなさいなんて言わないと思ったのに」と私は疑問をぶつけた。

「確かにそうね。最後はお父様のぶどう栽培を許したんだね」と姉。

「いいえ、今でも大反対さね」

あれ？　祖母から意外な答えが返ってきた。

「これは内緒だで。実はあの時、前もって海舟様に文を送り、善兵衛に考え直すように諭して欲しいとお願いしていたんさね」

「え、本当なの？」

「善兵衛は、私たちの言葉には何一つ耳を貸そうとしない。でも、海舟様の言葉であれば考え直すかもしれない。そう思ったんさね」

そんなこと思い付くなんて。祖母はなかなかしたたかな女性だ。

「その後、海舟様からこんな話をもらってね。『コウさん、手紙をもらっておきながら申し訳ない。あなたの息子は本気だ。この私にも止めることはできない。いや、むしろ私はこの若き青年の大きな志を是非後押ししたいと思う』とね」

海舟様は父の挑戦に対し、説得ではなく支援を選んだのだ。

「残念ながら思い通りにはいかなかったんさね」

父の熱い思いは誰にも止められなかった。

「おーい、フユ、トシまだか?」父の声が聞こえてきた。

すぐにワインを湯飲みに注ぎ、祖母に手を振った。書斎に戻った私はいよいよ、この葡萄園が始まる話を聞きたいとせがんだ。父は咳払いをして口を開いた。

明治23(1890)年6月、父・川上善兵衛、このとき弱冠二十二歳。若き青年の挑戦がついに始まる——。

第２章　私は岩の原葡萄園の歴史

「おまんたちの水田や畑を取り上げるのではない。私の所で新しくぶどう栽培をやっていくんだ。私の所で仕事をすればきちんと金を払う。米作り以外でも金が稼げるのだ。どうだ？　私と一緒にぶどうを作ってみないか？」

父は小作人たちにこう熱く語りかけたという。彼らは若き地主の言葉に半信半疑であったが、その言葉に従ってみた。

父は、葡萄園とする畑に自分の屋敷の庭を充てることにした。川上家の庭は築山や泉水があり、各地から集められた高価な庭石や石灯籠が美しく置かれていた。川上家の先祖たちが腕の良い造園家に造らせ、手入れを続けてきた自慢の庭だ。

父はその庭を惜しむことなく小作人たちと一緒に壊した。地ならしをして、ぶどうの苗を植えられるようにしていったのだ。

名園として知れ渡っていた川上家の庭園が、あっという間にかつての姿を失っていく。祖母とその前年に生まれた姉を抱いた母が、その様子を呆然と見つめていたそうだ。

「旦那様、とんでもないことでございます。どうかお考え直しください」

そう言って、先代や先々代の頃から仕えている使用人たちが必死に止めに入ることもあった。しかし、父の意志は固かった。自ら作業着に着替えて、率先して壊していった。

鳥打ち帽をかぶり、白い長袖シャツにネクタイとチョッキを着て、薄茶色の背広を羽織り、下は裾を絞ったズボンに脚絆と地下足袋と草鞋。とてもこれから農作業をするような格好には見えないが、これが父の作業着だった。

「この庭にしたって、元はといえば、小作人たちの幸せを奪って作られたものなのだ。彼らが川上家のために失った幸せを私がこれから、何年もかけて返していくのだ」

父は使用人たちの制止を振りほどき、黙々と作業を続けた。

この地域一帯は、字名が「岩の原」と呼ばれる。その名の通り、地面を耕すと岩や石がゴロゴロと出てくる。そのため、庭園を葡萄園へと造り変える際にも大小の岩や石が邪魔となり、思うように作業は進まなかった。

この年の作業は、川上家の自慢の庭をぶどう畑に変えるため、深く耕す作業で精一杯だった。そして、ようやく出来上がったこの畑を父は地域の字名から「岩の原葡萄園」と名付けた。

翌年、妙高山にはまだ白い雪が残っているものの、里山に心地良い風が吹き抜ける季節となった。川上家に大量の苗木を載せた荷車が列をなしてやってきた。

「やっと届いたか、待っていたぞ」

父はそう言って、苗木を品定めし始めた。それらは、小沢善平さんの農園から取り寄せた洋種のぶどう苗木九品種一二七株で、父は一つ一つ丁寧に苗木を庭に植え始めた。

そしてこの日から、ぶどうの世話とその観察に没頭する「日本のワインぶどうの父」と称される人物の記念すべき一頁が記されることになった。

初めてのぶどうの植え付け作業は、苗木一本一本に愛情をこめて慎重に行ったそうだ。等間隔で植え付けた苗木の後ろに、支柱の杭を打ち込み、そこに枝を結びつける。さらに、新梢《しんしょう》の成長具合を見ながら、先端の切除をするなど、これまでに学んできた知識と経験を生かして作業に当たった。

「しかし、自分が先頭に立って作業を行うとなると、誰にも頼ることはできない。どのように進めたら良いのかと、よく迷ったものだ」と父は振り返りながら、当時の様子を語り続けた。

「旦那様、ここはどうしたらいいのでしょうか?」

「そこはこうしたらいいと思うのだが。いや、この方法がいいのかもしれない」

初めての農園作業は、手探りの連続だった。

さらに、父は農園を広げるため、裏山の雑木林を買い入れ、三〇〇人もの村人たちを雇って開拓を始めた。

「トシ、お前が生まれたのは、この年の8月だ。初めて植えた苗木とトシは同い年。共に成長する姿を見ていると、トシは岩の原葡萄園の歴史そのものだと言えるなあ」と父は私を見て微笑んだ。

えっ？　私が葡萄園の歴史？　そんなこと考えたこともなかった。父のその言葉が私の頭から離れなかった。


「さてと、今日の話はここまで。もう寝る時間だ」

「えー、もっと聞きたい！」

「続きは、また明日だ」

そう言われて私たちは父の書斎から追い出された。私はブツブツ文句を言いながら部屋に戻り布団にもぐり込んだ。

「けど、葡萄園の話、面白かったね」

「お気楽ね、トシは。その葡萄園のせいで私たち苦労しているの！　忘れたの？」

「あ、そうだった」

そう、この頃から私たち家族は父に振り回されていくのだった――。

「北方の若旦那が狂ったかのように、自分の庭を壊し、ぶどうを植え始めた」

この噂は瞬く間に村全体に広がった。家族、知人、親類縁者などがぶどう栽培をやめるよう必死に説得しても、父は考え直すことはなかった。一部の村人は、葡萄園で林立するぶどう樹の支柱から、いつしか「川上の馬鹿棒」と呼んで笑い始めた。このひどい言われようには父も怒り心頭で、少しでも耳に入ると、とても不機嫌になった。そして、私たち家族も「馬鹿棒」の家族と陰口を叩かれた。

「悪口だけではないわ」と姉は続ける。私はまだ幼くてよく分かっていなかったが、この頃から父は葡萄園の経営のために借金を重ねるようになっていた。大量に仕入れたぶどうの苗木の購入代金や輸送費、植え付けに係る人夫賃などの経費が予想以上に掛かり資金が不足してしまったからだ。

この事態に父は、母の実家である宮崎家から借金をすることで乗り切ることにした。この時、宮崎家では、「宮崎社」という金融会社を設立していた。

ところが、母の父・芳謙おじさんは、金を貸すことを渋った。ぶどう栽培に反対だったからだ。しかし、父の熱い説得に押し切られ、「分かった。ただし、ヲコウや孫たちに辛い思いだけはさせないでほしい」と言って金を貸したという。

これで川上家の資金繰りは改善すると思われた。しかし、父は節約するどころか、むしろ経費を掛ける一方で、母の知らない所で宮崎家以外の金融機関からも借金を重ねていった。

次の日も私たち姉妹は父の書斎にいた。

「次は、葡萄園二年目の冬の出来事から話そう」と父は語り始めた。

新梢の剪定作業に入っていた11月下旬、にわかに降り始めた雪が、辺り一面を銀世界に変えた。さらに雪の勢いは衰えず、積雪量が一気に一メートルを超えると、父は危機感を募らせた。ぶどう樹の防雪作業がまだ間に合っていなかったからだ。

「これ以上降ったら樹がダメになります」

「他にも手伝いができる人を呼んで、作業に当たってくれ」

慌てる農夫たちに父の指示する声が、辺り一面に響き渡った。

私が暮らす地域は日本有数の豪雪地帯。北方の地から数キロ西へ進むと高田という市街地がある。そこは、江戸時代、城下町として栄えていたが、あまりの雪の多さに、雪に埋まった街の位置を知らせるため、「この下に高田あり」と書かれた高札が立てられていたという逸話が残るほどだ。

「ここは豪雪地、この程度の雪で弱音を吐いていたら何もできやしない。どんなことがあろうとも、雪と共にぶどう栽培を進めていかなければならないのだ」

この年の冬は、幸いにも全員の努力で大きな被害を出すことなく、作業を終え、無事に春を迎えることができたという。

「働き口を探しているなら、誰でも、いつでもここに来て働いたらいい」

雪解けと共に作業が始まると、父はそう言って、周りの村人や小作人たちに葡萄園で働くことを勧めた。米作りの繁忙期には、自分の田んぼの仕事が優先だが、農閑期になると、人々はどこからともなく、川上家に現れて葡萄園の作業を手伝うようになった。

「今日はご苦労さま」と父に言われて、日当をもらってそそくさと帰っていく。

「ありがとうございます」

小作人たちの顔は少しほころんでいた。父は農民の副業として始めたぶどう栽培に、一人でも多くの者たちが参加し、経済的に潤いを得て帰っていくことに、少しずつ手ごたえを感じ始めていた。

「実は葡萄園を始めた頃、ぶどうの他にりんご、洋ナシ、さくらんぼ、すもも、柿、栗、いちじく、びわなどの果物も育てていたんだ」

「え、そうだったの？」

どうやら父はぶどう以外にも小作人たちの収益につながる果物がないかと考え、栽培を試みたらしい。この時、交流のあった青森県弘前市の菊池楯衛《たてえ》さんから技術を学んで試験栽培した。

「他の果物のできは、どうだったの?」と、私は尋ねた。

「ある果物は雪によって枝が折れ、果実を実らせることはなかった。さらにある果物はやせた土壌では十分な栄養を得ることができず、枯れてしまった。そんなことで納得のいく結果を得ることはできなかったんだ」

「へえ、そうなんだ」

「この岩の原の土地で、何種類もの果物を試験的に栽培してみたが、いずれも良い結果を得られなかった。それだけこの土地で農作物を育てることは至難の業だ。しかし、そんな中でも満足のいく結果が得られた果物がある。そう、それこそが、ぶどうだ。この地域の振興にはぶどうしかないのだよ」

父はそう熱く語り、ぶどう栽培の決意をゆるぎないものとしたのだった。

こうして迎えた葡萄園三年目の秋。

「立派な実ができましたね」

川上家を訪れる人々は口々にこう褒めたたえた。数種類のぶどうが見事に結実し、初めての収穫が行われたのだ。紫色の宝玉がいくつにも連なってたわわに実を付ける様は、百花をも凌ぐほどの美しさであったという。

「この年収穫できたぶどうは、わずか二貫目※だった。でも、修行の旅で学んだ通りにぶ

※約７キログラム

どうが実を結ぶか、とても心配だったから、本当にうれしかった」と、父の顔がほころんだ。大きな不安から解放された瞬間だった。

この時私はようやく一歳を迎え、よちよち歩きを始めた頃だったが、「この葡萄園もトシと一緒で、大きな第一歩を歩み出したぞ」と、父は私を高く抱き上げて、初めての収穫を大変喜んだ。

「収穫の次に重要なのは、醸造だ。そこで、私は本場・フランスで学んできた、山梨の土屋龍憲さんの所を再び訪れることにした」

前回、あまりの多忙により土屋さんから教えを受けることができなかった父。しかし、会社経営が行き詰まり、一線から退いていると言う噂を耳にし、今なら教えを受けることができるかもしれない。そう思い、すぐさま山梨に向かったという。

「どなたかおられませんか?」

父は土屋さんの家に着くなり、玄関先で大声を上げた。しかし、一向に誰も出てくる気配がない。家の周りを見渡すと醸造所らしき建物があった。ここに土屋さんがいるかもしれない。父は、そう思い、足を踏み入れた。

しかし、そこにも人の気配はなく、廃墟のように静まり返っていた。

こんな立派な醸造施設があるのに、どうしたことだろう。そう疑問に思いながら施設を見て回っていると、

「そこにいるのは誰だ！」

と、後ろから大きな声がした。振り返るとそこに一人の男性が立っていた。土屋さんだ。しかし、以前会った時と面影がまるで違う。頬はやせ細り、生気が感じられない、別人のような顔つきだ。

「お前は確か、越後の…」

「はい、川上善兵衛です。二年前に葡萄園を始め、今年、ようやくぶどうが実りを迎えるところまできました。是非、醸造技術を教えてください」

「悪いが、帰ってもらえないか」

土屋さんは背を向けた。噂通り、土屋さんは、「甲斐産商店」の経営に行き詰まり、祝村の実家に戻ってきていた。この時、失意のどん底にあり、技術を教えるどころか、ワイン造りの情熱を失いかけていたのだった。

「私はこのぶどう栽培に生活の全てを賭けています。この事業の失敗は私の家族だけではなく、多くの小作人たちも路頭に迷ってしまうのです。教えてもらうまで絶対に帰りません」

父は一向に引き下がろうとしなかった。

土屋さんはそんな父に困り果て、この日は仕方なく、自分の家に泊めることにした。夕食の席のこと、父は土屋さんが作ったワインを是非飲ませてくださいとお願いした。

「もう、ワイン造りはやめたのだ。ご遠慮願おう」

「いいえ、まだ残っているワインがあるはずです。一口だけでもいいのです。お願いします」

粘る父の熱意に負けた土屋さんは、渋々残っていたワインを差し出した。

「これは美味しい。いつ収穫したぶどうを醸造したものですか?」

「これは二年前に収穫し、醸造したものだ」

「品種は甲州ですか? 醸造では普段どのようなことに気を付けていたのですか?」

「そうだな、甲州の場合は…」

徐々に父のペースに乗せられて醸造について語り始める土屋さん。いつの間にか、二人は時間も忘れて夜更けまでぶどう談議に花を咲かせていた。

翌朝、早起きした父は、気持ちの良い朝日を浴びながら、土屋さんの家の周囲を散歩していると、醸造施設から音が聞こえてきた。その音に誘われて、中に入ってみると土屋さんがいた。

「昨夜は久々に美味しいワインを飲んだよ。君の志は素晴らしい。私ももう一度ワイン造りに挑戦する気持ちになったよ」

このようにしてワイン造りを諦めかけていた土屋さんは父の熱い志と情熱により、ワイン造りへの意欲を取り戻し、再び挑戦を始めた。そして、父は土屋さんから本場の醸造の技術を教えてもらうことができたのだった。

こうして、最先端の醸造技術を学んだ父は、北方に戻り、来年の醸造に備え、ワイン仮貯蔵庫を建設し始めた。そして、いよいよ初めての醸造に取り掛かった。

岩の原葡萄園を開園してから丸三年、ようやく自園のぶどうでワインを造るところまでたどり着いた父。果たして、初めてのワインの味はどうだったのだろう。

明治26（１８９３）年、この年のぶどう収穫量は、三五〇貫目（約一・三トン）に増加し、完成したワイン仮貯蔵庫を利用して父は初めての醸造（初仕込み）に着手した。これまで口にしてきたワインのように美味しいワインが出来上がるだろうと、この初仕込みには大きな期待を持って臨んだ。五石（約九〇〇リットル）のワインが作られ、一週間もしないうちに第一次発酵が終わり、いざ口にしてみた。

「どんな味だった？　美味しかった？」私は目を輝かせて尋ねた。

すると、父は首を大きく横に振り、「酸味が強く、とても飲める代物ではなかった。醸造は失敗だった」

この時、大きく肩を落とし、落胆する父に、周囲の者たちはかける言葉もなかったという。

「さすがにこれはショックで、なかなか立ち直れなかった。しかし、そこを助けてくれたのが妻と勝先生だった」

独り書斎で打ちひしがれる父。そこにお茶を運び、そばでじっと座る母。父の落胆の心を少しでも共有したいという気持ちがあったのだろう。何も言わず、ただ座り続けた。すると、母はさっと立ち上がり、部屋の隅にあった桐の箱から一枚の書を取り出し、父に差し出した。それは、海舟様のあの激励の書だった。

筆は風雨の劇を得て
詩は金石の声を作す

「旦那様、この書をもう一度お読みになって、気持ちを切り替えてください」

父は母から書を受け取り、しばらくの間見つめると、力強く立ち上がり、

「ありがとうヲコウ。こんな失敗くらいで落ち込んでいるわけにはいかない。こうした苦難に打ち勝ってこそ、素晴らしいワインを造り上げることができるんだったな」

と言うと、醸造施設に向かい、酸味が強くなってしまった原因は何か、探り始めた。土屋さんの下で学んだこと、そして外国の文献から得た知識、それらを照らし合わせていった。その結果、発酵温度が高くなってしまったことが原因だという結論を導き出した。

「この失敗から醸造設備には発酵温度を抑える工夫が必要であることを痛感し、半地下式の第一号石蔵を建設し始めた。この頃から葡萄園も目まぐるしく変わっていったなあ。周囲の田畑を売り渡して裏山の雑木林を買い、農園を拡大したり、外国から多数の苗木を取り寄せ、醸造所や貯蔵庫などを次々と建設したりした。先行投資と言うやつだ」と、流暢に語る父。

しかし、ふと言葉が止まった。少し間が空き、「この頃だったかな。ヲコウが家を出て行ったのは」と、ぽつりとつぶやいた。すると、すぐさま姉が立ち上がり、私の腕を引っ張った。

「さあ、今日はもう寝ましょう」

急に態度が変わった姉に引っ張られて自室に戻ってきた私。そして、姉は無言のまま床に就いてしまった。

「姉さん、どうしたの?」そう言っても姉は布団をかぶったまま答えない。渋々私もその隣で眠りにつくことにした。すると、その夜、不思議な出来事が起きた——。

「旦那様、葡萄園のためにお金を湯水のように使ってしまっては生活が苦しくなります。実家の宮崎家でも心配をしています。もう少し家のことをお考えいただけないでしょうか」と、母が父に話しかけている。あれ? なぜお母様がいるの? これは…夢? 私の体がまるで雲のように浮かび上がり、部屋の斜め上から二人を眺めている。

母がまだ家にいた時の、幼い頃の出来事が今、目の前でよみがえっている。お母様、久しぶりに会えたね。でも、何か様子がおかしい。

「女のお前に何が分かる。私の仕事に口を挟むな」と、父は怒り出し、母と口論になってしまった。

母の実家では、度々借金に来る父の今後を心配し、事あるごとに、父を諌めるように、と母に指図していたようだ。

自分の志を知りながら、実家に言われるがまま、口出ししてくる母のことを、父はとても疎ましく感じ、つい怒りをあらわにしてしまった。

そうだ、この頃からだ。両親が言い争うようになったのは。

「善兵衛、こんなに借金を重ねては、ヲコウさんや孫たちが不憫さね」

祖母が両親の口論を見かねて割って入った。

「旦那様…」と母が続けて口を開くと、その言葉を遮るように、「私の志は変わりません」と父は言って、すたすたとその場を去ってしまった。

「申し訳ないねえ、ヲコウさん。頑固者の息子のせいでこんな辛い目に遭わせてしまって」

「いいえ、私ももう少し家計のやりくりをしてみます」

祖母は「ありがとう。これからも、川上家を支えておくれ」と言って、母の手をしっかりと握ったのだった。

そんな時、芳謙おじさんが川上家に来て、母に何か話しかけた。

「今なんとおっしゃいましたか？」と、母が大声を上げた。え？　お母様、どうしたの？

「早く善兵衛殿とは別れ、実家に帰ってくるのだ。ぶどうばかりに大金をつぎこんでいたら、間違いなく川上家は潰れるぞ」

芳謙おじさんは母に離婚を勧めに来たのだ。そんな、どうしよう。

「今の生活は苦しい。けど、旦那様のお力になりたいのです」と言って、母は頑なに断った。ほっ、良かった。私は胸をなでおろした。

そうした中、私たち家族を引き裂く事件が発生する。

それは、葡萄園の収穫が間もなく終わろうかという時期、私たち姉妹と両親の四人は、家族水入らずで葡萄園を散歩し、熟したぶどうを父が枝から取って、私たちに食べさせるなど、幸せなひと時を過ごしていた時だ。

「旦那様、一大事でございます」

葡萄園で働く小作人の一人が慌てた様子で駆けてきた。話を聞くと、川上家の小作人たちと宮崎家の小作人たちが、土地の境界と水利の問題で争いを始め、小競り合いを起こしているとのことだった。

父は争いを鎮めるため、境界に向かった。そして、母もその場を離れるため、私たち姉妹とつないでいた手を放そうとした、その瞬間だった。私は言い知れぬ不安に襲われ、胸がぎゅっと締め付けられる感覚を覚えた。

「お母様、行かないで」

とっさに私が叫ぶと、母は戸惑いの表情を見せた。このまま母と離れてしまったら、もう会えなくなってしまう、そんな気がした。姉も母の手をぎゅっとつかむ。

「いきなりどうしたの？　大丈夫、すぐに戻ってきますよ」

私たちの願いは届かず、母は私たちから手を放し、父と一緒に行ってしまった。そして、この不安は現実のものとなってしまう。

村境では、小作人同士がにらみ合ったり、怒号を上げたり、一触即発の状態だった。その場に芳謙おじさんも来ていた。父と母は両者の間に分け入り、その場を鎮めようとした、その時だった。川上家側の興奮した一人の若者が集団の端で宮崎家の者と取っ組み合いになった。それに気付いた母がとっさに止めに入る。するとその若者は邪魔だと言って、母の手を強く払いのけた。母は体勢を大きく崩し、そのまま頭から地面に倒れてしまった。

「チコウ！」

父たちがすぐに駆け寄ると、母の額から血が流れ出た。それを見た芳謙おじさんは激怒し、母を払いのけた若者につかみ掛かろうとする。

「落ち着いてください」

父が必死で抑え込む。

「善兵衛殿。これは由々しき問題だぞ。私の大事な娘にけがを負わせるとは」

父の手を必死に振りほどく芳謙おじさん。

「ええい、放せ。娘のけがは私の家で治す。こんな野蛮な人間がいる所に大事な娘を置いておけるか」

そう言って、芳謙おじさんは無理やり母を連れて、宮崎家の小作人たちとその場を去ってしまった。

「お母様はまだ帰ってこないの？」と、泣きながら問いかける私に、村境から戻った父は、うつむいたままだった。そして、その夜、母は川上家に戻ってくることはなかった。

翌日、父が母を迎えに行くと、芳謙おじさんから強く拒否され、追い帰された。次の日も、そのまた次の日もそうだった。挙げ句の果てには、母にけがを負わせた若者を連れて来いという始末。しかし、父はその言葉に従わなかった。芳謙おじさんはそんな父に業を煮やし、強く言い放った。

「いつになったら、まともなワインができて、売れるのだ。貸した金が一向に返ってこないではないか。周囲の者たちは君を何と言っているのか分かっているのか？『馬鹿棒』とののしっているのだぞ。私の娘や孫をはじめ、家族の者たちはとても辛い思いをしている。いい加減、ぶどう作りを諦めろ」

「私の志が分からない者が言うことなど、言わせておけばいいのです。それよりも私は地主と言う地位にあぐらをかいたまま、私腹を肥やしている人間などにはなりたくない。農民たちに少しでも豊かな暮らしをしてほしい。そのためのぶどう作りです」

「今何と言った？　私腹を肥やしているというのは私のことか？」

こうして、小作人たちの土地の境界と水利の問題であったものが、両家の感情を逆なでするまでに発展し、感情のもつれは、ほぐれることなく、関係はどんどん悪化していった。数日、数週間経っても母は家に戻ってこない。お母様に早く会いたい。寂しさと不安に耐えられなくなった私と姉は父には内緒で、母を迎えに宮崎家へ行くことにした。

冷たい雨が降り注ぐ中、私たちは、こっそりと家を抜け出し、宮崎家を目指した。北風が時折強く吹きつけ、私たちの行く手を遮る。

ようやく宮崎家に到着すると、すぐに母を探して、家の外をぐるぐる回り始めた。どこにいるの？　お母様？　すると、家の縁側を歩く母を見つけた。

「いた！　お母様だ！」

私の声が届くと、母は驚いた表情を向けた。ようやく母の顔を見ることができた。すぐに抱きつきたい。しかし、背の高い生け垣が行く手を阻む。ああ、なんてもどかしいの。

「フユ、トシ。どうしてここに。もしかして、二人だけで来たの？」

「うん、そうだよ。どうしてもお母様に会いたくて」

母の瞳から一筋の涙が流れた。

「ごめんなさいね。私がいなくて、寂しかったでしょう」

「お母様、早く帰ってきてください」

「フユ、トシ、母は帰れないの」振り絞るように声を吐き出す母。

「どうして?」張り裂けそうな気持ちを私は言葉にして母にぶつけた。

生け垣越しに母と話をしているその時だった。

「誰だそこにいるのは。なんだ、フユとトシではないか。何をしている。いますぐ、家に帰るんだ」

芳謙おじさんに見つかってしまった私たちは、無理やり北方に追い返された。そして、私たちが母と会話を交わしたのはこの時が最後になった。

明治27（1894）年2月、母はとうとう家に戻ることなく、二人の破局は決定的なものになった。

「善兵衛殿、ヲコウを川上家にもう戻すことはできない。離婚してもらう」

「分かりました。ただし、フユとトシの二人は川上家の大切な跡取りです。私が育てます」

「承知した」

こうして母と父は離婚して、私たちは母と引き離され、川上家に残ることになった。私は悲しみのどん底に突き落とされた。もう二度と母とは会えない。あまりの悲しさに、その夜は大泣きをしながら姉と抱きしめ合った。そして、泣きつかれてそのまま眠りについてしまった——。

はっと私は目が覚めた。布団から身を起こすと、涙が一筋の川のように頬を伝った。とても嫌な夢。いや、これは心の奥に閉じ込めて、忘れようとしていた私の記憶。それが夢となってよみがえってきたのだ。

ふと隣を見ると、姉が寝ている。姉の頬もうっすらと濡れているようだった。

離婚後の父は、普段と変わらず、いつものように毎日ぶどうの生育状況を観察している。ぶどう栽培の意欲は衰えるどころか、ますます加速していった。もしかしたら、この悲しさを紛らわせるために、さらにぶどう栽培にのめり込んでいったのかもしれない。

父が離婚の話に触れようとした一件から、姉は書斎へ足を踏み入れることを強く拒否するようになった。私も一人では書斎に近寄り難く、父の話の続きは、それ以来聞けずにいた。

はあ、どうしよう。私はもやもやした気持ちを抱きながら、家の外に出て、建設中の第二号石蔵を眺めていた。

「これが完成したら、ワインの味はもっと良くなるはずだ」

突然後ろから父の声がした。振り返ると父が職人さんと会話しながらやってくる。今父と会っても気まずい。とっさに私は逃げた。

けど、葡萄園の話の続きが聞けるかもしれない。そう思うと、父の話が気になって、物陰に隠れて聞き耳を立てた。父の隣の職人さんは確か、石工の古《こ》市《いち》新《しん》十郎《じゅうろう》さんって言ったかな？

「初めてのワイン造りは発酵温度が高くて失敗した。そこで、二年前に裏山に隣接するように石蔵を建てた。それが第一号石蔵だ。半地下式で、山側に向かって全長四〇メートル以上地中を掘削した、冷気隧道《ずいどう》※がある。そこから、山の地下水と地中の冷えた空気を庫内に引き込み、部屋の温度を低く保つ構造にして、発酵時の温度を下げようとした。しかし、ワインの味は今一つでな」

「発酵温度がまだ高かったということですか？」と、古市さんが尋ねた。

「ああ、そうだ。ぶどう栽培は順調に進む一方で、醸造はこのありさまだ。このままではワインとして売り出すことができない。なんとかしなくては、と焦りが出てきたものさ」

「その頃、蔵の中には醸造したものの、売り出すことができずに残ったワインが、どんどん増えていったそうですね」という古市さんの言葉に、父はゆっくりと頷いた。

「あの時は、ここぞとばかりに、家族や親類縁者が、美味しいワイン造りができないの

※トンネル

であれば、早くやめるべきだと言ってきてな。耳が痛いほどだった。だから、必死に書籍を読み漁り、この難局を打開する案を考えたものだ。そんな時さ。妙案が思い付いたのは。雪国という不利を逆手に取った良い案が浮かんだのさ」

発酵温度を低く抑える妙案って何だろう。私はさらに耳をそばだてた。

「あれは冬だった。ぶどう棚が降り積もった雪の重みで潰れないように、雪降ろしを農夫たちと行っていた頃だ。雪の冷たさに我々の手はかじかみ、真っ赤に腫れ上がってな。しかし、この作業をしないとぶどうの樹がダメになってしまう。そう思い、悩ましいこの雪をじっと見つめていた時だ。『そうだ、この冷たい大量の雪を貯めておき、ワイン樽の部屋全体を冷やせば発酵温度を抑えることができるのではないか』」

「いやー、すごいことを思い付かれましたなあ」と、古市さんが感嘆の声を上げた。

「早速、第一号石蔵の空いている空間に雪をどんどん貯めていってな。そして、新しく作った醸造用木桶と貯酒用大樽を使って醸造を始めた。発酵が終わり、出来上がったワインを恐る恐る口にすると、これまでの強い酸味が抑えられた美味しいワインができたんだ」

「成功、おめでとうございます」

そう古市さんに言われて、父はとても誇らしそうな表情を浮かべた。

「ようやく世に出しても恥ずかしくないワインができた。そこで、早速師匠である勝先生にも飲んでいただきたくて、ワインを持って行ったんだ」

「先生からはどのようなお言葉をいただいたのですか?」

「勝先生は私がワインを持ってくるのを心待ちにされていてね。ようやくここまでたどり着いた話をすると、うんうんとうれしそうに頷きながら、ワインを一口一口ゆっくりと、口に運ばれた。そして、『なかなか美味しい。いいワインになったな』と、お褒めの言葉をもらったよ」

海舟様からお墨付きの言葉をもらった父は、ようやくたどり着いたワインの味に大きな自信を持った。そして、その翌年の明治31(1898)年、待望のワイン販売に乗り出す。「菊水」をラベルにあしらったワインとブランデーが初めて販売されたのだ。葡萄園の開園からすでに八年も経過していた。

「菊水」は、明治天皇からその使用を許可されたもので、その仲立ちを海舟様がされた。菊は天皇家を象徴する植物とされており、天皇家に強い敬愛の心を持っていた父は、そのことをとても喜んだ。

「雪で冷やすという発想をさらに活用しようと思う。貯雪用の倉庫、雪室の併設だ。よろしく頼むよ」

そう言って、父は古市さんの肩を叩いた。第二号石蔵の完成は今年の夏。雪室は来年だ。私も楽しみ。

次の日、第二号石蔵の建設を眺めている父に、お話がありますと、祖母が声をかけた。私と姉は、いつもと違う神妙な面持ちの祖母が気になり、家に入っていく二人の後をつけた。

一体何の話をするのだろう。祖母の隣の部屋にこっそりと移動した私たちは、ふすまの隙間から部屋の様子を窺った。

「海舟様からお手紙をいただきました。善兵衛、どうしてお断りをしたのですか？」と、祖母が強い口調で問いかけた。

「私とは身分が違うからです」

「そういう理由ですか…。いいさね、善兵衛。海舟様はあなたのこと、そして、私たち家族のことをとても親身になって考えてくださっています。そうまるで、あなたの父親のようさね。その心をないがしろにしてはいけません」

一体、何の話？　私たちは、首を傾げた。

「新潟県知事も務めた平松時厚子爵※のお嬢様。次女の達子さんですか。良い縁談です。

※当時の貴族階級における爵位のこと。平松家は幕末期は公家。

再婚をお受けするのです」

え？　再婚？　姉と顔を見合わせる。

「この話はもう断ったのです。気持ちは変わりません」とやや強めの口調で父は話し、部屋を出て行った。

そんな父の背中を眺めていると、

「ねえ、おばあ様、今の話」

姉がいきなり部屋に入る。

「あなたたち聞いていたんかね？」

「今の話、本当なの？」

「ええ、でも断ったようさね」

「私は嫌だからね。いまさら新しい母親なんていらない」そう言って姉は出て行った。

「ねえ、お父様は再婚するの？」とその場に残った私が聞くと、祖母は海舟様からいただいた手紙の内容を教えてくれた。

父は先般、海舟様にワインをお持ちした時、離婚の話もしたという。

「恐れていたことが現実となってしまった。代々の田畑を売り払い金銭的に苦しくなった上に、離婚までして幼い子ども二人を母親から切り離してしまうとは…」

海舟様は、父のワイン造りを後押ししてしまった責任を、心の中で痛切に感じていた。

そして、父にこう語った。

「このワインは味といい、色といい、とても良い品物だ。貴殿の忍耐と努力が実った結果で、志を全うしている姿は本当に感心している。しかし、一つ欠けているものがある。それは何か分かるか？『愛情』だよ」

「愛情」という言葉に父は戸惑ったという。

「出来上がったワインは味も品も良いが何か冷たさが感じられる。それは造る人の機微が伝わってくるからだ。家庭生活に温かさが欠けていると男はぎすぎすしてくるし、知らぬうちにワインにも影響してくるものだ。古い馴染みで、平松時厚子爵という方がいる。彼には達子という良いお嬢さんがいるそうだ。家を守ってくれる人が、お前を支えてくれる人が必要なんだ。一緒になってはどうだろうか？　私ももう歳だ。私が生きている間に安心しておきたいんだよ」

祖母宛ての手紙にはこうした内容が記されていた。私はとても複雑な気持ちだった。母と過ごした時間をあまり覚えていないからだ。友達が母親と親しくしている所を見ると、とてもうらやましく思っていた。

その後、海舟様たちは父に達子さんと会うよう勧めたが、根っからの頑固者の父は首を縦に振らず、時間だけが過ぎていった。

ある日、父は朝早く出掛け、夕方になって戻ると一組の父子を連れて帰ってきた。そして、私たち姉妹が住む家とは別棟の農舎に住み込みで働かせることにした。しばらくすると、その父子の素性が明らかになった。なんと、新潟刑務所からつい最近出所した元囚人とその息子ということだった。

拡張を続ける葡萄園では、生活費を稼ぐために訪れる小作人が増え始め、さまざまな境遇の人たちが働くようになっていた。農民、さらには貧者救済という目的に沿うものであれば、父は誰であろうと葡萄園で働くことを、拒むことはしなかった。

出所したばかりの男とその息子。どこで、知り合ったのか分からないが、他で働く先も、身寄りもないため、父が自ら引き取って働かせることにしたそうだ。

「旦那様、あの父子は大丈夫でしょうか。また、何か罪を犯すのではないかと恐ろしい限りです」

周囲の者がそう不安を吐露しても、父は、「彼は心を入れ替えて働くことにしたそうだ。大丈夫」と言って、取り合おうとはしなかった。

周囲からは腫れ物に触れるような扱いを受けながら、三十代前半くらいの父親と私と同い年くらいの男の子は、父の言葉通り、黙々と葡萄園の仕事をこなしていった。

しかしながら、周囲の者たちとは一向に溶け込むことができず、「おい、今お前何と言った？」「前科野郎と言ったのは誰だ？」などと、男の子の父親はけんか腰になって、他の小作人と小競り合いになることもしばしば。私たち姉妹も別棟とはいえ、同じ敷地内でそのような境遇の人が住んでいるととても怖く、近寄り難い存在だった。

そして、ある事件が起きた。元囚人のその男が突然いなくなってしまったのだ。さらに、一部の金銭も消えていた。どうやら、その男が盗んでそのまま逃げたようだ。しかも大切な我が子を置いて。

「なくなったものは仕方ない。皆、すまんが仕事を進めてくれ」と父は皆をなだめた。

「お前の親父さんはどこかへ行ってしまったが、お前の面倒はちゃんとみるから、安心しろ。このままここで働きなさい」

そう言って、父はその男の子をそのまま農舎に住まわせることにした。涙をこらえて、歯を食いしばった男の子の表情がとても印象的だった。

父の好意は仇となって裏切られたが、父はこの後も懲りることなく、生活に困った人を連れてきては、葡萄園で働かせるといった慈善を繰り返すのだった。

独り身となってしまった男の子のことが心配になり、私が農舎へ見に行くと、鼻から血を流して、うずくまっていた。

「大変！」。すぐに手拭いを取り出し近寄ると、

「大丈夫だ。あっち行け」と言って顔の血を拭こうとする私の手を払いのけた。

「一体どうしたの？　その血」

「くそ、あの野郎ども。いつか仕返ししてやる」

どうやら、他の小作人が自分の父親の陰口を叩いていたので、力ずくで止めようとしたら、返り討ちに遭ってしまったという。

「動かないで！　手当てしないと！」

自分でも驚くくらい大きな声を出すと、その子はあっけに取られ、払いのける手を止めた。その隙に、私は血を拭ってあげ、手拭いを冷たい水で濡らし、傷口を押さえた。

「あ、ありがとう」

「どういたしまして」

「お前、旦那様のとこの娘か？」

「ええ、トシというの。あなたは？」

「俺は、平蔵」

その後、その男の子は父親と同じように逃げ出すのではないかと疑われていたが、とて

も実直に葡萄園の仕事に取り組んだ。

母と別れた後、しばらく泣いてばかりいた私とは正反対の彼の行動に、勇気をもらった。

そうして数日経った頃、

「善兵衛、あんな少年まで引き取って、あなた一人で母親役までこなせるのですか？　あなたを支えてくれる人が必要ではないの？」

祖母にそう諭された父は、しばらく考えると、これまで断り続けていた達子さんと会うことを決心した。

この面会が大きなきっかけとなったようだ。その後、父の再婚の話はとんとん拍子で進み、ついに婚約までたどり着いたのだ。このことを海舟様は自分のことのように大いに喜んだそうだ。


父の再婚の日取りも決まったある日、「旦那様、緊急の知らせです」と、使用人が電報を持ってきた。

電報送達紙と書かれた一枚の紙きれを受け取り、文面を読み進める父。すると、手が震えだし、その震えが全身に及んだかと思うと、「そんな、そんなことが…」と言葉を漏らしたきり、その場に座り込んで、体が固まったようにしばらく動かなくなってしまった。

「一体何があったの？」

「先生が、勝先生が亡くなったのだ」

父が師匠として慕っていた海舟様が亡くなった。この突然の訃報に、いつも厳格な父が動揺している姿を見て、私はどう言葉をかけたら良いのか、分からなかった。

その後、海舟様の最期の時、次のような出来事があったと聞いた。

あの日の朝、海舟様はトイレから出てくると、気分が悪くなり、「自分はもう長くはない」と話したそうだ。そして、家の者に気付けに一杯飲みたいと、ブランデーを持ってくるように頼んだ。（体調が悪いのに、なぜお酒を口にするのかと疑問に思う方がいるかもしれないが、当時のワインやブランデーは、医薬品としても認められ、ブランデーは興奮剤としての効能を持つ薬品として、医薬品規格基準書に掲載されているほどだった）出てきたグラスにそれを注ぎ、口をつけると間もなく意識を失い、倒れてしまった。その二日後、海舟様は息を引き取ったということだ。その時に飲んだブランデーには菊水のマークが描かれていたらしい。

海舟様の死から一年後、明治33（１９００）年４月、父は達子さんと再婚した。妙高山脈にはまだ雪の姿が残っていたが、川上家の庭の一角に植えられている桜は、二人の門出を祝福しているかのように満開の花を咲かせていた。しかし、この結婚を誰よりも楽しみにしていた海舟様はもうこの世にはいない。

「見ていてください、勝先生。このワインで、皆が豊かに暮らせる社会を作ってみせます」

父が空を見上げて小さく発した言葉がかすかに聞こえた。

父の再婚の儀の前日、私たち姉妹は達子さんと初めて対面した。

「これからお前たちの新しい母となる達子だ。仲良くやるように」

「よろしくね。フユさん、トシさん」

「よろしくお願いします。フユと申します」

「トシと申します」

父よりさらに小柄だが、優しい笑みと柔らかな口調で語りかけてくる新しい母だった。でも、私たちはなかなか心を開くことができず、会話はあっという間に途切れた。

この時、私は九歳。母から引き離されてから六年以上も過ぎていた。姉や祖母が時には私の母親代わりとして優しく接してくれていた中で、新しい母にすぐに心を許すことはとてもできなかった。

特に姉の拒絶反応は強く、「私の母は一人だけ。あの人のことは母とは思えない。お父様もなんで、再婚なんてしたのかしら」とよく愚痴をこぼしていた。

この頃から私たちは祖母と本宅の屋敷から離れた農舎で暮らすようになり、新しい母とは一日に数回、顔を合わせる程度となった。

また使用人たちも達子さんが子爵の娘ということで、どのように接したら良いのか分からず、とても身構えていた。

「子爵の御令嬢だから、こんな田舎の農家暮らしについて行けるだろうか。質素な暮らしに耐えられずに逃げ出すのではないだろうか」

そんな不安の声が出ていた。しかし、達子さんはそうした出自のことを微塵も感じさせない振る舞いで、質素な暮らしに不満を言うどころか、すぐに順応し、さらに誰に対しても優しく親しく接した。離婚以来、川上家の雰囲気が暗くなっていたところに、彼女が来たことで少し空気が変わり始めた。

毛嫌いする姉とは違い、私はそんな新しい母が気になり始め、本宅を覗きに行った。

「あら、トシさんどうしたの？」

見つかった私はすぐに逃げた。新しい母と打ち解けるようになるにはもう少し時間が必要だった。

「きゃ、冷たーい。外はあんなに暑いのに、ここは冬のよう。涼しいというよりも寒いくらいです」

父の再婚から数カ月の月日が流れ、葡萄園はセミの大合唱が聞こえる季節になった。大光寺石と言う地元の山奥で採掘できる石を使用して完成した第二号石蔵。古市さんに依頼し、北方に移住させてまで建設に当たらせた蔵で、私は今、父と一緒にその中にいた。この石蔵に隣接して、貯雪用の倉庫（雪室）も昨年完成し、冬に降り積もった雪を貯め、春から夏まで残し、夏場に温度が上がりがちな石蔵内にこの雪を持ち込むことで低温に保つことが可能となった。

「はは、そうだろう。しかし、この冷たさがいいんだよ。これによって良質のワインが造れる。次にできるワインが楽しみだ」

完成した第二号石蔵と雪室を眺める父の目には自信がみなぎっていた。

岩の原葡萄園は、開園した明治23（１８９０）年以降、その歩みを止めることなくぶどう畑を広げていき、明治25（１８９２）年に裏山の山林を開墾し、第一園を作ってから、明治38（１９０５）年における第八園の開園まで拡張を続け、その面積は約二〇・三ヘクタールとなった。貯水池六カ所と農舎四棟も備え、醸造用施設としては、地下室四室、工場・倉庫合わせて四棟、土蔵その他の付属建物四棟にまで及んだ。

「トシの誕生と共に歩み始めた葡萄園がたいそう広くなって、ぶどうたちも立派な実を毎年たくさん付けるようになった。トシもこんなに大きく成長したのだから、当然だな。共に成長していく姿を見ると、本当にトシはこの葡萄園の歴史のようだ。私はこの葡萄園が愛おしく、誇らしいと思うぞ」

と、父は事あるごとに私に語ってくるのであった。

「トシは葡萄園の歴史そのもの」その言葉を聞くたび、私はこの葡萄園が自分の分身であるかのように、特別な感情が湧き起こってくるのだった。

「あっ、お父様、今日もぶどうを観察している」

農舎の窓から外を見ると、父がぶどうを一つ一つ見ては、手にしたノートに記録をしている。父はぶどうの樹木・葉・実の様子に加えて、数年前から一定の時間になると、最高最低気温・降水量の気象観測データも収集し始めた。父はうだるような暑い夏の日も、極寒の冬の日も休むことなく毎日繰り返し行った。そんな根気のいる作業の積み重ねで生まれた資料群は、几帳面で、粘り強い父の性格を色濃く映している。

この頃、父が栽培してきたぶどう品種は優に三五〇品種にのぼった。

欧州種と米国種。岩の原葡萄園では主にこの二つの品種を栽培している。

欧州種は、非常に良い香りと味わいを醸し出すが、樹体、果実の粒共に軟弱で病虫害に侵されやすい性質を持っている。

一方、米国種は、樹体、果実の粒共に健全で強健な性質のため、どの地域でも生育が可能だが、狐臭・奇臭を持ったものが多く、優良ワインには向いていないものが多いという。

なぜそんなに多くの種類のぶどうを植えるのかと、父に聞いたことがある。すると、父はこの中から、この土地の気候風土に適した品種はどれか。それを探し求めていると答えた。雨の多い気候はぶどうの生育には不向きであったからだ。

実りの秋を迎えたある日、父が興奮気味に話しかけてきた。

「トシよ、葡萄園で造ったワインをなんと天皇陛下に献上できることになったぞ。私のワインが陛下にも認められたのだ。これは最高の誉れだ」

今年、品評会に出品したワインとブランデーが三等賞に入賞した。このことが、明治天皇のお耳にも入ったのだろうか。献上の許可が下りたのだ。父は子どものように喜びを爆発させていた。

雪の活用から劇的に品質が向上した父のワイン。この後、さまざまな品評会で父のワインは賞を獲得し続け、徐々に全国で認められるようになっていく。こうして、父は栽培家として名声をとどろかせていった。しかし、私たちの生活は苦しいまま。肝心のワインの売れ行きが今一つだからだ。

「では、達子、行ってくるぞ」

「へえ、旦那様、お気を付けて」

継母にそう見送られて、父は家を後にした。向かった先は葡萄園ではない。高士《たかし》村役場だ。再婚してから約半年後のこと、父はなんと高士村の村長に就任したのだ。この時、父は三十二歳。若きリーダーの誕生だ。

「お父様、村長を務められるというのは本当ですか？」

「そうだ。葡萄園の設備工事は第二号石蔵が完成し、少し落ち着いてきた。農民救済を旗印にやってきたぶどう栽培だが、ここで違った方向から村全体の発展ということも考えてみたいと思ってな」

父が願う、農民の暮らしの向上や地域の発展への取り組みは、とどまることを知らない。一体、どこまで突き進むのだろうか。私の想像が及ばないはるか高い所に父の意識があることを改めて実感した。

そんな意識の高さは、父の村政にすぐに現れた。

まず初めに役場の職員を刷新し、新体制を築いた。すると、財政問題を解決するため、以前から問題となっていた諸税の滞納をなくし、少しでも多くの財源を確保することに着手した。そうして財政改革に道筋がつくと、父は教育問題に取り組み始めた。

明治33（1900）年、高士村は従来の妙賀《みょうが》と稲谷《いなだに》にある尋常小学校二校を合併して、高等科を設置する予定だった。高等科は仮校舎で授業をしていたが、村の財政問題で、校舎建築が進まず、暗礁に乗り上げていた。そのような時に、父は村長に就任したのだ。

「佐藤先生、このままでは、子どもたちが落ち着いて勉学に励むことができない。それは、子どもにとっても地域にとっても大きな損失だ。力を貸してほしい」と、後に初代校長となる佐藤多吉先生に相談し、村内の有力者たちを勧誘して歩き、校舎建築の同意・資金を集めた。そして、ついに明治36（1903）年4月に新校舎が完成した。この校舎建築は校舎内外の設備と併せて、県下の模範的優良校舎として認められ、県知事から表彰を受けた。

「俺も学校へ通っていいのですか、旦那様」

「ああ、フユとトシと一緒に学んでこい」

「やったあ」

我が家で居候している平蔵は全身で喜びを表した。新校舎が完成した高士小学校に今日から三人で通うことになったのだ。

「分からないことがあったら私に聞いてね、平蔵」

「ふふ、なんかお姉さん気取りね」と姉が笑った。

「私は平蔵のことを思って言っているだけです！」と、私は頬を膨らませた。

そんな会話をしながら通学路を歩いていると、薄汚れたノートを片手に周囲を見渡しているすらりと背が伸びた中年男性が一人いた。

「あ、君たちここの生徒？　それにしても立派な学校だね。建物だけじゃない、学校に通じる道もすごい。学校の場所がちょうど村の中心部にあって、そこから放射状に道路を敷いている。これはまるでパリの凱旋門のようだ。川上村長は外遊の経験はないと聞いていたが、こんな発想はどのように思い付いたのだろうか」

「あのー、どちら様ですか」

「おっとこれは失礼。興奮して一方的に話してしまった。私はこういう者だよ」

渡された名刺に「新潟新聞記者　杉岡」と記載があった。

「村長としての手腕だけではない。農会長も兼任し、さまざまな肥料試験などを行って、農事の改良発達を奨励するなど、先進的な政策を実行しているようだ。そして、極めつけは岩の原葡萄園の経営。これは面白い取材対象を見つけた」

と言ってその記者はノートに何やら書き込みながら歩いて行ってしまった。私たちはそんな後ろ姿を見てあっけに取られてしまった。

平蔵との学校生活が順調に進んだある日の下校時、学校内が騒がしくなった。

「大変だ、トシ。旦那様が」

そう平蔵に言われて私は、学校の敷地内にある畑に向かった。お父様の身に何かあったのかしら。

すると、なんとそこには着物の裾をあげて素足になり、手拭いで頬かぶりをしている佐藤校長と父がいた。二人は肥桶に下肥を入れて、畑に運んで作物に施肥をしていたのだった。

農作業をしている父を見た教員たちは、「葡萄園の大旦那様で、村長様・農会長様でもおられる貴方様に、こんな農作業をさせるなど、畏れ多いことです」と言って、やめさせようとした。すると、父は、「己の立場を利用して仕事の内容を選び、辛いことから逃げてはいけない。先頭に立つ人間こそ、人の嫌がる仕事を真っ先にやるべきなのだ」と言って、農村の子どもであっても肥料の扱いを嫌う傾向が出ているのを戒めるため、校長と共に実演して啓蒙しているのだと話した。

これを見ていた下校途中の生徒たちが次々に畑に入り、父から柄杓を借りて作物に肥料を与え始めた。

それを見た佐藤校長は、「どうやらうまくいきましたな。ご協力感謝します」と、父に深々と頭を下げていた。

このように、父の村長としての活躍は毎日話題に事欠くことはなかった。父は村政に携わっている間、村長の報酬は受け取らず、村内の有益事業に費やした。組合立伝染病舎新築費の一部へと金一五〇円（現在の価値で約三〇〇万円）を寄付したことをはじめ、学校にも多額の寄付をした。

父の村政は、明治37（１９０４）年8月に病気を理由に辞職するまで続き、それ以降も就任と辞職を繰り返し、通算四回村長を務めた他、辞職後も学務委員となって、学校教育に尽力した。父はここでも報酬は手にせず、全てを高士小学校に寄付している。また学校のための参考品や高額な備品なども寄付しており、寄付したものを数え上げるときりがない。

成績が良くても家が貧しくて、上級の学校に行くことができない子どもにはこっそりと学費を出してやったり、ぶどうが実った秋には村の小学生をぶどう狩りに招待したりもした。

『馬鹿棒』が村長をやるだって？　そんなことができるのかい？」と言って冷笑していた村人たちだったが、学問を重んじ、自分の利益よりも他人の利益になることを優先して考える父の人柄やその行動に、徐々に尊敬の念をもって接するようになっていった。

父の村長就任から二年が経ったある夜のこと。

「トシ、トシ、ねえ起きて。何か変よ。ねえトシ」

姉に肩を揺すられて、私は目を覚ました。

「うーんお姉様、どうしたの？　まだ夜じゃない」

眠い目をこすりながら、私は体をゆっくりと起こす。

「こんなに遅い時間なのに、本宅の方が明るいの。何かあったのよ」

確かに姉が言うように、柱時計の針は夜の12時前を指している。それなのに、本宅の明かりはこうこうと灯されていた。普段は家中すでに寝静まっている時間で、読書をする父の書斎部屋の明かりがついていることはあっても、今日のように本宅全体の明かりがついていることはなかった。「一体どうしたのかしら」私の目は一気に覚めた。

すると、本宅から使用人が一人、小走りで駆けてきて、玄関先で待っていた祖母に何やら話しかけている。

「フユ、トシ、起きているのでしょ？　すぐこちらにおいで」と呼ばれて、私たち二人は祖母の部屋に入った。

「一大事さね。詳しいことはお父様からお話があるから、すぐに着替えて支度をしなさい」

何かあったの？　そんな理由を聞く暇もなく、私たちは祖母に言われるがまま、着替えを始めた。

日付はすでに次の日となっていた。明治35（１９０２）年5月28日、一生忘れることのできない二日間がこれから幕を開ける。

本宅に行くと、大広間に葡萄園の従業員が集められ、父が上座で目をつむったまま座し、ピクリとも動かずに全員が集まるのを待っていた。農夫長、各農舎長、職工長たちが次々に集まってくる。ふと、目を横に向けると平蔵もいた。使用人の一人が、関係者全員が集まったことを父に伝えると、ゆっくりと目を開け、話し始めた。

「皆、真夜中というのに、急遽集まってもらって申し訳ない。今、東宮殿下※が地方巡啓のため、新潟県内にお越しになられていることは知っていると思う。実は先ほど、急使が来て、明日29日、東宮殿下が我が葡萄園に行啓なされることになった。いちぶどう業者へ

※後の大正天皇のこと

東宮殿下が行啓することなど、まずあり得ないことと思っていたが、これは大変に名誉なことである」

と、父が話すと、従業員から歓声が上がり、目にうっすらと涙を浮かべる者、万歳を行う者など、さまざまだ。しかし、私と姉は、「東宮殿下？　行啓？」初めて聞くその言葉の意味が分からず、なぜ皆そんなに喜んでいるのかと、不思議な顔をして辺りを見回していた。すると、祖母が、

「東宮殿下とは、今の天皇陛下様のお子様、皇太子様のこと。次に天皇になられる方さね。行啓とはそうした偉い方がお出掛けになること。つまり、明日、皇太子様が岩の原葡萄園に来られるんさ」

「す、すごーい！」

ようやく事の重大さを理解した私たち姉妹は、周りとタイミングが一つ遅れて、手を取り合って喜んだ。

行啓など夢にも思っていなかった父は、奉迎の準備を万端整えなくては不敬に当たるとして、夜中にもかかわらず全員を集めたのだった。

殿下をお迎えするための準備の指示が父から次々に飛ぶ。

「各持ち場の責任者はまずは設備や敷地内の掃除の指揮を執ってくれ。その後、受け持

ち区域内の車道の修繕を実施すること。準備ができ次第、すぐに作業に入ってくれ。この二日間、大変かと思うが、よろしく頼む」

各従業員は、それぞれ持ち場に移動し、明日の奉迎の準備を始めた。

私と姉も祖母に付き従って、台所に移動し、皆の食事の支度を、継母と共に行うことになった。

「フユさん、トシさん、東宮殿下が葡萄園に来ることになったんですって。すごいことになったわね。一緒によろしくね」

「はい。お願いします」

なかなか顔を合わせる機会のない継母と会話を交わすことができて、心の距離が一気に縮まった気がして、私はうれしかった。

継母との会話を楽しむ私の隣で、姉は依然として心を閉ざし、話しかけられても「はい」「いいえ」と愛想なく答えるのみ。継母もどう接したら良いのか、困り果てていた。

すると、遠くから、

「たつー、たつー。達子はいるかー」と家中に響き渡る父の声が聞こえてきた。

「へぇ、旦那様」と、継母。

「こっちに来て、休憩所の設営を手伝ってくれ」と言われて、そそくさと外に出て行ってしまった。

「もっとたくさんお話をしたかったなあ」

と愚痴を漏らす私の隣で、姉は顔色一つ変えずに作業を続けていた。

家中の者たちに一通りの指示を与えると、父は高士村役場に出向いた。村長でもある父は、行啓の件を伝え、準備を指示した。さらに親戚・知人にも直ちに連絡を取り、奉迎の手伝いを依頼した。

この突然の報に川上家をはじめ岩の原葡萄園、ひいては高士村の村民に至るまでが感極まって眠ることも忘れ、熱心に作業に明け暮れた。

奉迎の準備は、夜が明け、太陽が真上に上がっても休むことなく続けられ、陽が少し傾き始めた頃、ようやく一区切りがついた。そんな時、

「義兄さん、話は聞きました。お力になりますよ」

背の高さは小柄な父より頭一つ分高い、ふっくらと丸みを帯びた一人の男性が、女性と数人の従者を連れて現れた。

「おお、孝太郎《こうたろう》君、よく来てくれた。イトも一緒か」

男性の名は富永孝太郎さん、そして女性は、父の六歳年下の妹イト（私の叔母）さんだ。

イトさんは、美守《ひだもり》村（現在の上越市三和区神田）の素封家《そほうか》である富永家長男、孝太郎さん

のもとに嫁いでいた。

富永さんは、父より二歳年上で、地元で勉学に励み、高田中学校を卒業後、上京。その後、米国に渡り、イリノイ大学に留学し、農業経済学を専攻した。六年間の留学を終えて帰国すると、郷里の振興に携わり、この後、信用組合の設立や、衆議院議員を務めるなど、農業界に大きな足跡を残す人物である。

「私にも何か手伝えることがあればお申し付けください」と、行啓の報を受けて訪れた、富永さんが父に話す。

「それは有り難い。では、東宮殿下をご案内する際に、同行してもらえるかな」

「お安い御用ですよ。任せてください」

とても穏やかな口調で受け答えをする富永さん。丸いその体型はまるで恵比須様みたい。その後、富永さんと父は、夜遅くまで園内外をくまなく点検していた。

葡萄園の経営に否定的な考え方が多かった親類縁者だったが、行啓の言葉を聞くや否や態度を翻し、次から次へと協力を申し出てきた。葡萄園設立当初、反対する親類縁者の対応に苦慮していた祖母は、「東宮殿下様々だね。あんなに葡萄園に否定的だった親類がこんなに協力的になるなんて。全くうそのようさね」と、チクリと嫌みを漏らしていた。

この日、奉迎の準備で疲れ切った私はすぐに眠りについた。そして、翌日29日、運命の日を迎える。

朝から行啓の道筋や御休憩所になる川上家の住まいに警護のため警官がそれぞれ配置され、物々しい雰囲気が漂ってきた。

東宮殿下は午後１時に宿泊場所の旅館を出発し、岩の原葡萄園へ行啓なさる旨の発表があった。

両親と祖母、親族らは川上家の門外の奉迎所でお待ちする一方、私たち姉妹を含めた女衆は門内に整列させられた。

そして、とうとうその時が訪れた。東宮殿下が高士村に入られ、早朝から道の両側で待っていた村民に盛大に迎えられながら葡萄園に到着された。東宮殿下御一行は総勢十六人で、門前で父たちに迎えられ、簡単な挨拶をした後、御休憩所に入られた。殿下は人力車に乗っており、車の上から人々に手を振る姿がちらっと見えた。御休憩所には殿下とその近臣者、控えの間には随行の高官や県知事、続く第二の控えの間はその関係者が占め、随行した中頸城郡長や新聞記者たちは入ることができずに庭前で待機となった。

「さあ、皆様にお茶をお出しして」

祖母の指示で、使用人や継母、私たち姉妹は到着した皆様に「ようこそ、岩の原葡萄園へお越しになりました」と言ってお茶を出した。

あまりの緊張に心臓の鼓動は高まり、お茶を出す手が震えたが、必死に気持ちを落ち着かせながら、最後まできちんとできた。

「トシさん、とても上手だったわよ」と、継母が褒めてくれた。ふふ、うれしい。私は満面の笑みで応えた。

しばらくすると、私たち姉妹に御休憩所へ来るようお呼びがかかった。

えっ？　東宮殿下にお会いできるの？　胸をドキドキさせながら御休憩所へ行くと、殿下の御前に通され、両親、祖母の隣に並べられた。殿下を前にして、私の緊張と感動は最高潮に達し、体全身が燃え上がっているように熱かった。

「こちらが川上家の家族です」と紹介されると、「そうか、そうか。皆、本日はご苦労である」と、殿下からありがたいお言葉をいただいた。

恐る恐る殿下に目を向けると、黒の背広服をお召しになり、柔和な顔立ちをしている。威厳に満ちた表情が印象的な今の天皇陛下とは少々異なり、とても親しみやすい雰囲気だった。

そして、ぶどう畑の見学が始まった。父が先導を務め、殿下を先頭に、高官たちがその後に続き、随行員や新聞記者、富永さんなどの一部親類縁者がその後ろに列を作り、御休憩所を出発された。

私たち姉妹をはじめとする女衆たちは、そのまま御休憩所に残り、ぶどう畑へ玉歩を進める殿下たちの列を静かに見送る。すると、その列の後ろにこそこそと付き従っていく小さな影を見つけた。あっ、平蔵！　何をしてるの？　もしかして隠れて後をつけるの？

「ダメ、見つかったら大変よ！」

と、私が声をかけると、唇に人さし指を当て、静かにという合図を送ってきた。

見学の列が南側から坂道を登ってぶどう畑に入っていく。私はハラハラしながら、その後ろ姿を見送った。

三十分程度時間が経っただろうか。東宮殿下の見学の列がぶどう畑から戻ってきた。そして、次は醸造棟の設備の見学を始めた。

「東宮殿下というのは、ぶどうに詳しいんだな」

はっと振り返ると、平蔵が後ろにいた。

「心配したんだからね」と、怒り気味に私が言うと、

「栽培しているぶどう品種の数とか、ぶどうの原産地とか、旦那様に質問攻めしてたぜ。そうそうマタロ品種のところでは、直接手を触れて、発育の状況をじっくりと観察してたくらいだ」と、平蔵は私の心配をよそに見学の様子を一方的に話し始めた。

「おっと、次は石蔵か。じゃあ、行ってくる」

「ねえ、ダメよ」

私の制止も聞かず、そのまま列を追いかける平蔵。本当に見つかっても知らないんだから。

しばらくして、見学の列が第二号石蔵から出てきて、御休憩所へ戻られた。すると一気に周りが慌ただしくなった。

それは、殿下が父の醸造したワインを飲みたいとおっしゃったからだ。事前に、酒類は一切厳禁であるとの通達があったので、全く準備をしていなかった。急いで倉庫から取り出し、ワインをお持ちすると、侍医が酒を検分してから殿下の杯を取り出して注ぎ、差し出した。

「これは何年前の製造かな?」と殿下が尋ねると、

「明治32年製ですから三年前でございます」と父が答える。

「なかなか美味しい」

殿下はご賞味されて殊の外ご機嫌であった。

午後3時45分、こうして約一時間にわたる葡萄園の見学が終わり、殿下御一行は岩の原葡萄園を退出された。見送りの人の波は御来園の時の賑わいと同様だった。沿道で殿下を一目拝顔しようという人々の波とその興奮は、記録にまで残るところとなった。

殿下の車列を見届けると、私は大きくため息をついた。無事に行啓が終わり、ようやく緊張から解放されたのだ。すると、

「へへ、面白い行啓だったな」

平蔵が現れて自慢げに私に言ってきた。

「彼の言う通り、なかなか素晴らしい行啓だった」

聞き覚えのある声がする方向を見ると、以前出会った杉岡という新潟新聞の記者がいた。

「あなたは。記者の」

「お、覚えてもらって光栄だな。お嬢ちゃんは善兵衛殿の御令嬢だったのか。今回の行啓、俺の情報筋によると、東宮殿下の強い要望で急遽決まったらしいぞ」

「えっ？　そうなんですか？」

杉岡記者の話によると、この数日前に信越北関東地域を巡啓されていた殿下は、新潟市内に入られた。そこで、物産陳列館を行啓された際、ワインを好物としていた殿下は、展示されていた岩の原葡萄園の菊水印のワイン及びブランデーを一目見て、

「そうか、これが有名なあのワインか。是非、行ってみたい」と仰せになり、予定を急遽変更されて岩の原葡萄園を行啓されることになったという。

「東宮殿下も関心を寄せる葡萄園か。ますます気に入ったよ」

そう言って、杉岡記者は殿下の車列の後を追うように、葡萄園を去っていった。そんな後ろ姿を見送りながら平蔵が、

「ふん。俺の方がとびっきりの情報を持ってるぞ」と強がった。

「何？　何？　教えてよ」

「実はな…」


後片付けが終わると、父が皆を大広間に集め、この二日間の労をねぎらった。そこで、殿下から大変尊い言葉をいただいたことを話した。

「日本人が己一人、個人の力だけで、これだけの盛大な事業を起こしたことは、感心するばかりである」

父はその言葉を賜り、涙するほどうれしかったと語った。私はそれを聞いて、父が経営するこの葡萄園が、そして、ワインが殿下に認められたことを知り、まるで自分自身が褒められたかのように、心の底から喜んだ。

ちなみに平蔵のとびっきりの情報とは、「あの方はいずれ偉い人。そう、天皇になるぞ。俺の目に狂いはない」だった。いや、平蔵、皆知ってるよ…。

その日の夕刻、父は親戚総代の富永さんと共に東宮殿下の宿泊されていた高陽館にお礼の挨拶に伺った。

行啓随行者の一人である東宮大夫殿が面会に当たられた。その方から殿下は今回の行啓にとても満足されたこと、見晴らし台から一望した頸城平野や日本海の美しい風景に感動されたというお言葉をいただいた。

さらに殿下は岩の原葡萄園のワインを三ダースほど買い上げて、それを葡萄園の涼しい石蔵の中で貯蔵し、数年の後、時期がきたら納めるようにとご指示されたという。

この殿下のワイン買い上げのご用命はこの上もない栄誉であった。

「私にとって今日の行啓は、農家無限の光栄だと思っております。そして、先ほどは御休憩所である私の家で家族をご覧いただいた上、さらにワインお買い上げの御沙汰を賜りましたことは、ワイン業にとりましても光栄で、最高の名誉でございます。謹んで献納させていただきます」

と、父は答えたそうである。

翌5月30日早朝、殿下は父をはじめ、多くの人々に見送られながら、高田駅から汽車に乗って東京へと帰られた。

東宮のわかふたう園に臨ませたまひけるを迎へ奉りて　川上邦弘《くにひろ》※

わか園は越路の山のおくなるを
御くるまあふく今日のかしこさ

この行啓にかかる歓喜の心を父はこのように歌った。また、父を知る多くの知人、縁者などからもこの行啓が無事に終わったことについてお祝いや喜び、感激の詩歌、文章がたくさん送られ、父は無上の喜びを得たようである。

その後、父はそうした文章や詩歌をまとめて編纂《へんさん》し、『紀恩帖』という冊子にして各方面に配った。それほど、皇室を思う父の心は厚く、そして、行啓という誉れを得た喜びは大きかったのである。


「それいくぞー！　よーいしょ。よーいしょ」

「ちゃんと載せたか？　それ、出発するぞー」

その日はいつになく、葡萄園で働く従業員の声が賑やかだった。

※川上善兵衛のこと

大きな大八車に、菊水のマークが入った木箱がどんどん積み上げられていき、次から次へと葡萄園から出発していった。

「お父様、これは何の騒ぎですか」

その様子を笑顔で見届けていた父に私は尋ねた。

「ワインの出荷だよ。この前、東宮殿下が我が葡萄園にお越しになって、ワインを購入されただろ？　殿下がお褒めになったワインだということが新聞に載って、口々に伝わり、注文がたくさん入ってくるようになった。殿下のおかげで、我が葡萄園のワインが一躍有名になったんだよ」

父は懐に潜り込ませていた一枚の紙きれを取り出し、とても満足した様子で眺めた。それは、殿下行啓の翌日に発行された新潟新聞の記事の一部だった。そこには、殿下からお褒めの言葉を賜ったことがしっかりと報じられていた。

殿下の行啓によって、ワインの売れ行きが大きく変わった。評判が評判を呼び、ワインがどんどん売れ始めたのだ。

周囲の人々の反応も大きく変わった。葡萄園の経営に否定的であった親類縁者も鳴りを潜め、村人たちも以前は「川上の馬鹿棒」と馬鹿にしていたが、そのような声をぱったりと聞かなくなった。それどころか「葡萄王」と称賛する者まで現れ始めた。

「お姉様、殿下のおかげでワインが売れ始めているんですって。本当に良かったわ」

遠くでその光景を眺めていた姉を見つけ、私は駆け寄りながら話しかける。

「そうね。葡萄園の経営にはとてもいいことね。でも、私たち姉妹の居場所は今後なくなっていくかもしれないわね」

と言って、姉は本宅の方をじっと見つめている。視線をそちらに移すと、父が継母のもとに近寄り親しく話を交わしていた。父と立ち話をする継母の、しきりにお腹をさすっている仕草が目に留まったが、私の頭の中は先の姉の言葉でいっぱいだった。「私たち姉妹の居場所?」姉の言葉の意味を理解するまでに、私にはもう少し時間が必要だった。


「義兄さん、とても繁盛しているようですね」

恵比須様そっくりの笑顔が印象的な富永さんがやってきた。東宮殿下の行啓以降、富永さんは葡萄園に顔を出す機会が増えていた。

「義兄さん、今日こそは良い返事をもらいたいのです。それまでは帰りませんよ」

と、富永さんが父にじりじりと近寄る。

「孝太郎君、君の熱意には負けたよ。一つ、君の言うことに賭けてみようじゃないか」

「あ、ありがとうございます、義兄さん。殿下が称賛された、この素晴らしいワインは、もっと多くの人に知ってもらうべきなのです。私の起ち上げる会社でこのワインをもっと有名にしてみせますよ」

と、高らかに富永さんが声を上げた。

「これは特ダネをつかまえましたねえ」

そこに新潟新聞の杉岡記者が突然現れた。ほんとこの人どこでも出てくるわね。

「噂を聞きつけましてね。ワイン販売を専門に手掛ける会社を、高田と東京に起ち上げる動きがあると。皇太子殿下も注目されている葡萄園のワインだ。次の動向が気になりまして」

「どちら様ですか？」

「申し遅れました、川上さん。私はこういう者です」

と言って、杉岡記者が父と富永さんに名刺を手渡した。

「ちょうどいい機会ですね。たった今、義兄さんの賛同も得たことですし、公式に発表させてもらいますよ。その名も『日本葡萄酒株式会社』。岩の原葡萄園のワインをはじめ、葡萄酒の販売を専門に行う会社を起ち上げます」

「なるほど。まだまだ人々の間に普及しているとは言い難いワイン。この会社の行く末が、とても楽しみですなあ」

杉岡記者の笑みがとても不気味だった。

「なぜ私たち家族に相談もせず勝手に決めたのですか！」

事情を聞いた祖母の怒りが爆発した。また父の悪い癖が出て、一人で全部決めてしまったからだ。

「東宮殿下の行啓によって風向きが変わりました。ここは一つ孝太郎君の提案を受けて入れてみたいのです。決して悪い話ではない」

富永さんは、東宮殿下行啓によって父のワインが全国的に注目を浴び始めたため、そこに大きなビジネスチャンスがあると目を付け、新会社設立の提案をしてきた。しかし、小作人の収入確保のために始めた葡萄園のため、ひと儲けしようとする富永さんの姿勢に父は慎重になっていた。

そうは言っても、自分たちの生活を守っていく必要もある。これまでの葡萄園経営は、先行投資でお金が出ていくばかり。足りないお金は先祖代々の広大な田畑を売って支払い、さらに銀行や多くの親戚縁者からも借金をし、最近では毎日の生活に困るほど。

この時に家族に少しでも相談してくれればいいのに、父は一人で思案を重ね、一人で決めてしまった。それは祖母が怒るのも分かる。

「分かりました。少しは達子さんや子どもたちに楽な生活をさせてあげるんさね」

あれ？　今回、祖母は簡単に引き下がったみたい。

それもそのはず。東宮殿下の行啓でワインの売れ行きは一気に変わった。これで経営状況の悪化した葡萄園を立て直すことができるのではないか。誰の心の中にもそのような思いが芽生え始めていた矢先のことだった。だから家族の誰も父の決断に真っ向から異を唱える者はいなかった。

けど、私は別のことが気がかりだ。

富永さんが帰り際、「そうそう、義兄さん、一つ大事なことをお伝えしますよ」と、父に耳打ちした。それを聞いた父はとても驚いた顔をしていた。一体何を告げられたんだろう。そのことが気になって、私の頭から離れなかった。

明治36（１９０３）年10月、ワインの販売を専業とする日本葡萄酒株式会社が誕生した。資本金は五万円、本社の所在地は新潟県中頸城郡高田町大字中小、今の上越市本町五丁目。社長は富永さん、相談役、筆頭株主に父が名を連ねる形でスタートし、東京の神田区旅籠町三丁目にも支店を出した。

そんなお祝いムードいっぱいの中、さらにめでたいことが続いた。それは継母の懐妊だった。新しい命を授かったことに父をはじめ、周囲の人々は色めき立った。待望の跡取りが生まれるかもしれないからだ。

するとと、前妻の子どもである私たちに対する周囲の態度が冷淡に変化し、私は姉の「居場所がなくなる」という言葉の意味を理解し始めた。あの時、姉は継母の懐妊を薄々感づいていたのだろう。

出産の時期が近づくにつれて、姉は、

「私たちは厄介者になるわね。早くお相手を見つけてこの家を出ることも考えなくてはね」

と言って、愚痴るようになっていた。

そして、待望の子どもが誕生した。女の子だった。男の子を期待していた父は少しがっかりしたようだが、無事に子どもが誕生したことを喜び、「よくやったな、達」と声をかけた。

その後、私たちの住む農舎に顔を出す機会が減っていく父。私たちはもう邪魔者なの？そんな不安も徐々に高まっていったが、生まれた妹を一目見たくて、我慢ができず本宅に足を運んでみた。

「あら、トシさん、どうしたの？」

私がもじもじしていると、

「この子が気になるのね、こっちにいらっしゃい。あなたの妹よ」

恐る恐る継母の部屋に入っていき、赤ん坊の顔を覗き込む。

「トヨというの。お姉さん、これからよろしくね」

「かわいいね」

久しぶりに継母と親しく会話ができた上に、かわいい妹の顔も見れて、私はうれしい気持ちでいっぱいになった。


日本葡萄酒株式会社の業績は好調だ。手間のかかる販売を富永さんが一手に引き受けてくれたこともあり、父はぶどう栽培に専念でき、二人の共同作業はとても順調な滑り出しとなった。

そして、さらに追い風となる出来事が起こる。約四カ月後の明治37（１９０４）年2月4日、日露戦争が勃発したのだ。

すると、陸海軍から、病院用の衛生材料として「菊水印純粋葡萄酒」を納入せよと指示がきた。その量は、岩の原葡萄園の倉庫にあった全てのワインを払い出してもまだ足りないほどだった。

高田の本社では、そりの上にワイン樽を載せ、鏡板には色鮮やかに菊水印が付けられ、新しい「陸海軍用」の木札の付いた岩の原葡萄園の製品が多くの従業員によって運ばれてくる。通りの前は多くの人で賑わい、活気を呈していた。

東京支店も同様だ。建物の屋根の上には菊水印純粋葡萄酒の大きなマーク。その下に川上製と書いた大看板を掲げ、二階には本社と同じように日章旗と海軍旗を大きく交差させて飾りつけ、一階の上窓は全て「菊水」をかたどって作られている。ショーウインドーには「菊水印純粋葡萄酒」や「コンコード」「チャンピオン」「ボルガンディ」と書かれたワインが並び、従業員たちは、法被を着て忙しそうに動き回る。

ワインの香りはまさに新時代の香り。日本にもようやく「ワインの時代」が到来したかのように感じられ、葡萄園の経営はみるみる回復し、借金の返済が進み、これまでの苦労がうそみたいだ。

こうして穏やかで幸福な日々が戻ってきた葡萄園には、今年もまた、収穫の時期がやってきた。私は見晴らし台から紫色の宝玉が連なる美しい光景を眺め、満足して家に戻る途中、平蔵に会った。

「今年も豊作のようだね、平蔵」

「ああ、そうだな。それよりも旦那様を見たか?」

「いいえ」

「背広姿に着替えた旦那様が大きな風呂敷を持って、外に出て行くところを見かけたぜ。神妙な顔をしてたから気になってな」

「どうかしたの？」

姉が加わった。

「姉様、お父様がどこかに出掛けるみたい」

「最近、旦那様の口数が少ないんだよ。ワインの販売会社を作って、売れ行きもいいのに、時々思いつめたような顔をしてさ。今日もそうだった」

「ねえ、お父様がどこへ行くのか、ついて行ってみない？」

胸騒ぎがした私は、父の後を姉とつけていくことにした。富永さんが家に来て、何か耳打ちをした頃から、父の様子が少し変わったような気がする。もしかしたら、その原因が分かるかもしれない。

「二人でこうやって家を抜け出すのは、お母様の所に会いに行った時以来かしら」

そう言いながら、父の後をつけていくと、美守村に向かう道を父が歩いていることに気が付いた。

「富永おじさんの所へ行くのかしら。いいえ、別の道を曲がったわ」

　すると、大きい杉の木が立ち並ぶ林の中へと父の体が吸い込まれていった。林の中の先に、大きな屋敷が一軒現れ、父が中へ入っていく。落ち着いた佇まいの茅葺屋根の屋敷で、本宅の南側と西側には杉苔が敷き詰められた枯山水の庭園が広がり、敷地内には大きな土蔵が二棟建っていた。

「ここは林《はやし》富永《とみなが》家ね。富永おじさんの親戚の家だわ」

「一体どんな用事があるのかしら」

　と言って、垣根の隙間から屋敷の中を覗いてみると、玄関先で父が家の主と思わしき人に風呂敷を渡している様子が見えた。風呂敷の中身はぶどうだった。今年収穫したばかりのぶどうを渡しに来ていたのだ。

「なーんだ、ただぶどうを渡しに来ただけなのね。ついてきて損したなあ」

　と不満を漏らして、私が垣根から離れようとしたその時、姉の体が一瞬固まった。

「トシ、見て、見て、あそこ。あれは…、宮崎家に戻ったお母様じゃない?」

「え?　何を言っているの?」

　私は振り返って屋敷の中を見た。家の中にいるあの人影は…。もしかして…。

「そうよ、お母様よ。なんでここにいるの?」

　遠くからでも分かった。実の母・チコウが屋敷の中にいる。私たちはあまりの出来事に驚き、隠れることを忘れてしまい、屋敷から出てきた父に見つかってしまった。

「ここで何をしているんだ」

「お父様…、お父様こそ、ここで何をされていたのですか」

「私は…、収穫したぶどうを親類縁者に配りに来ただけだ」

「あそこにいるのは私たちのお母様ではありませんか？」

姉が指をさす方向には母の姿があった。その姿をじっと見つめた父は、少しほっとしたような表情を浮かべて、

「チコウはここの林富永家の当主と再婚されたのだ。私はつい最近そのことを知った」

と、優しく穏やかに話し始めた。

富永さんが父に耳打ちした内容はこれだった。父は、離婚後も母を気に留めていたが、宮崎家とはあの騒動以来、疎遠となったままだったため、その後の状況が分からなかった。ところが、富永さんから再婚した話を聞き、ぶどうを届けることを口実に、様子を一目見ようと、わざわざ林富永家まで来たのだ。

「お母様が再婚された…」

「そうだ。だから、もうお前たちの母ではない。お前たちの母は達子だ。もうここには来てはいけない。チコウの新しい人生を邪魔してはいけないよ」

と言うと、父は私たち二人の手を握って、その場にとどまろうとする私たちを無理やりその場から引き離した。

「お母様！」と、大きな声を出したいけど、それをぐっと堪え、父と共に帰路に就いた。しばらく父に手を引かれながら無言で歩いていると、

「ヲコウの元気な顔を見ることができて良かったな」と、ボソッと発した父の言葉に私たち姉妹は、涙が溢れてくるのを止めることができなかった。

その後、父は、秋になると毎年、良くできたぶどうを携えて、ひっそりと林富永家を訪れていたそうだ。


「父が育てたぶどうの苗は年ごとに良き実を結びます」

明治40（1907）年正月、父が親戚や知人に送った年賀状の裏面には、たわわに実ったぶどうの大きな房を、両手に持った女の子の写真が刷り込まれ、この言葉が一緒に添えられていた。

その子は妹のトヨ。トヨはとても可愛らしく、利発で、両親の愛情をたくさん受けて育った。成長するたびにその愛情は高まっていき、先妻の子である私たちは大きな疎外感を抱いている。

そして、この年、もう一人の妹・アツが誕生した。本宅から聞こえる父たちの笑い声が私の心をさらに切なくさせる。私たち姉妹と継母との関係は、トヨとアツの誕生でさらに疎遠となっていた。

そんな中、私は父から東京の女子高等師範学校（現在のお茶の水女子大学の前身）へ通うよう指示され、初めて上越の地から遠く離れた東京へと移り住むことになった。

「進学で東京に出るんだってな。大丈夫か？」

「あ、平蔵。そうなの。姉さんが先に上京して待っているし、大丈夫よ。平蔵としばらくお別れだけど、川上家の人間として恥ずかしくない教養を身に付けてくるからね」

「お、おお。頑張れよ。そ、それでな…」

「うん、何？」

「トシさん、そろそろ出発のお時間ですよ」

使用人の声に振り返り、

「はい、分かりました。じゃあね、平蔵」

手を元気いっぱい振って、私は平蔵と別れ、高田駅に向かった。

「体に気を付けてな」と、父に声をかけられ、家族や使用人たちに見送られながら、汽車に乗り込む。汽車に揺られること約半日、ようやく上野駅に到着した。改札口を抜け駅前に出てみると、そこにはこれまでと全く違う異世界の光景が広がっていた。

大きなレンガ造りの建物が軒を連ね、幅広く整備された道路ではレールの上を鉄道馬車が絶えず行き交い、おしゃれな洋服に身を飾った人々が往来する。大都会の光景に私はしばらく、呆然と立ちすくんだ。

「トシ、待ってたわよ」

「姉さん！」

駅前で手を振っていたのは姉だった。姉は私よりも二年先に東京に出て、私と同じ女子高等師範学校で学んでいる。当時の女学生のファッションをいち早く取り入れて、はかま姿に、「マーガレット」と呼ばれる髪型を施し（三つ編みにした髪の先をリボンで根元に結び付けて輪にするもの）、北方にいる時とは別人のような姿に驚いた。

今の川上家には自分の居場所がないと感じていた姉は、東京で寮に入り、新しい環境での生活がとてもうれしかったようだ。言葉やしぐさの端々にそれを感じた。

「ここが学校よ。そして、寮は向こうにあるの」

姉と共に学校に到着。私の新しい生活がこれから始まるのね。どんな生活が待っているのかしら。

スタートした学校生活では、当時「良妻賢母」という姿が女性の規範とされていたことから、学問性よりも家庭科などの実用性が重視された授業内容となっていた。コツコツと授業を積み重ねていく私と異なり、姉は、学校生活に溶け込んで、授業が終わると、当時流行していた文学雑誌を手に友達と楽しく語り合うなど、限られた学校生活を満喫していた。

「ここで、一般女性としての教養を学んだ後、私たちはどうなると思う？　どこかの有力者の息子の所に嫁ぐことになるのよ。だから少しくらいここの生活を楽しんでもいいと思うの」

姉の見立ては間違っていなかった。北方に戻ると、姉に、そして私にもそれぞれ、すぐに地元の有力者の御曹司とのお見合いの話が舞い込んできた。ただしそんな縁談の話は後ほど詳しくするとして――。

学校生活もしばらく経った頃、もっと東京を知りたいという気持ちから、姉と一緒に時々街中へ出掛けるようになった。私と姉の東京散策は、姉が北方に帰るまで続けられ、各地の近代的な街並みや人々の活気溢れる様は、とても印象的だった。

そんな中、私たち姉妹は決して忘れられない出来事を体験することになる。

姉との東京散策で、今日は日比谷方面に足を延ばし、帝国ホテルまでやってきた。

帝国ホテルは、財界のトップが発起人となって建設を進めた建物で、日本初の本格的洋風都市ホテルである。そこでは、日々盛大な舞踏会が開催されていた。

「あんなきれいなドレスに一度でもいいから袖を通してみたいわ」

と、姉がため息交じりに話す。夕暮れ時の帝国ホテルの前には、舞踏会に参加する上流階級や外国公使の人たちが次々と現れ、田舎から出てきた私たちはそんな煌《きら》びやかな世界を見ているだけで、満足だった。

「お嬢さん、そんな所にいないで、こっちに来て中も見てごらん」

建物の影から覗き込む私たちに、とある若い紳士が声をかけてきた。

「そんな畏れ多いこと、できないわ」と思いつつも、好奇心が勝って、その紳士に誘われるまま、別の入り口から中に案内され、舞踏会が開催されている広間までたどり着いた。

「す、すごい！」

広間の中央の天井には、壮麗なデザインが施された巨大なシャンデリアが一基設置され、部屋の四方にはルネサンス様式やイスラム風の様式を折衷した細かい装飾が施された重厚な柱が立つなど、広間の内装がさながら美しい絵画作品のよう。そして、正装した男女がダンスを踊ったり、優雅な食事に舌鼓を打ったり、夢のような舞踏会が繰り広げられている。

その光景に見とれていると、

「君たち、どこの女学生かな？　ここは紳士・淑女の社交の場だよ。君たちは誰の許可を得て入ってきたのかな？」

ホテルの警備員に見つかった。大変！　無理やり外へ引きずり出されそう。

「君、その子たちは私の知人でね。ちょっとした社会見学だよ。大丈夫、すぐに帰るから手荒なことはしないでほしいな」

その紳士が声をかけた。一瞬、その警備員が戸惑いを見せると、

「さあ帰るわよ」

そう言って姉は私の手を取り、出口に向かって一気に走りだした。

私は紳士に走りながらお辞儀をすると、にこっと笑い、手を振り返してくれた。

「ああ、びっくりした」

と、ホテルの出口を抜けて息も切れ切れに私が話すと、

「けど、とても面白かった。貴重な体験ができて良かったわ」

姉は興奮が収まらない様子だ。

寮に戻るとすっかり夜で、私はそのまま床に就いたが、ホテルでの出来事が頭を離れず、いつまでも胸の鼓動が収まらない。ちょっと大人の世界を覗き込んだ気分だった。

その後、夢のような体験から一転、現実に戻って、勉学に打ち込む日々が続いた。時々帝国ホテルの近くを通るとその時の記憶がよみがえり、気持ちが高揚するのだった。

それからしばらくして、姉は卒業を迎え、帰郷することになった。見送りのため、上野駅にやってきた私。駅のプラットホームまで進んでいくと、多くの汽車が止まっていて、乗り降りをする人で混雑していた。

「先に帰って待っているよ」

そう言って、私に手を振りながら姉が間もなく出発の時刻を迎える汽車に乗り込もうとした時だった。

ドン！

姉が一人の紳士にぶつかって尻もちをついた。

「これは失礼。大丈夫ですか、お嬢さん」

その紳士がさっと、姉に手を差し出す。

「ええ、私もよく前を見てなかったもので、すみません。あれ、あなたは…」

ぶつかったその紳士の顔を見ると、見覚えがあった。そう、あの帝国ホテルの出来事でお会いした方だ。

その方の手を取って、立ち上がる姉。姉も驚きの表情を浮かべている。

「ああ、君たちは帝国ホテルでお会いしたお嬢さんたちだね。こんな所でまたお会いするとは奇遇だね」

「あ、あの、あの時はお礼が全く言えず、すみませんでした。おかげさまでとても楽しい時間を過ごすことができました。ありがとうございました」

姉が慌てながら紳士に話しかける。

「いえいえ、こちらこそ、楽しかったよ。おっと、すまない。私はこれから横浜に行く用事があってね。申し訳ないが、これで失礼しますよ」

と言って、紳士がその場を去ろうとした時、

「お待ちください」

姉が紳士を引き止める。

「お、お名前をお聞かせください。お願いします」

すると、紳士はスーツの胸ポケットから一枚の名刺を颯爽と取り出し、

「私は島本愛之助《あいのすけ》と申します。もし、何かあればここに連絡をください。今度は、別の場所をご案内しますよ」

そう言って、足早に島本さんは去っていった。

「あ、姉さん、そろそろ汽車の時間よ。早く乗らないと。あれ、姉さん？」

島本さんの名刺を手にして、呆然と立ち尽くしている姉。私は「急いでっ」と姉の背中を押して、汽車に乗せた。

「お父様たちによろしく伝えてね」

私は姉が席に座ったのを確認して、声をかけた。姉は私に手を振り返してくれたが、手にした名刺が気になって心ここにあらずと言う感じ。

プシュー！

大きな音を立てて汽車は家族の待つ上越へ向けて発車した。

出発を見届け、家族の皆は元気かな？　葡萄園は順調かな？　そう思いながら、北方での生活が妙に恋しくなった。

しかし、それから間もなく父からすぐに帰郷するよう指示する手紙が届く。一体何があったの？　ただならぬことが川上家に起きている。危機感を覚えた私はすぐに荷物をまとめ、東京を後にした。

久しぶりに家族に会える。そんなはやる気持ちが一気に冷めてしまうほど、大揺れの我が家が待ち受けていた。

第3章　誕生と別れ

「ただいま」

と、私が本宅の玄関を開けると、

「た、大変よ。トシ」

姉が小走りで駆け寄ってきた。

「一体どうしたの？」

「お父様が相談役をしていた会社が倒産したのよ」

ある日、富永さんが慌てながら我が家にやってきたという。その顔はいつもの恵比須顔ではなく、まるで閻魔様のような厳しい表情だったと姉が教えてくれた。

「義兄さん、た、大変だ。ワインが、ワインが全く売れなくなった！」

創業以来、ものすごい勢いで業績を伸ばし続けていたワイン販売専業の日本葡萄酒株式会社は、日露戦争が終わり、平静を取り戻しつつあった明治40年頃に入ると、陸海軍によるワインの買い上げが急激に減少。さらにワインブームもすぐに下火となってしまい、好調が長続きすると見込んでいた父の考えは見事に霧散。菊水印純粋葡萄酒の販売数は急落。業績はみるみる悪化し、会社は設立からわずか六年で幕を閉じることとなった。

日露戦争による陸海軍の衛生材料として訪れたワインブーム。しかし、いずれブームは終息に向かうもの。その時を見据えてどう対応するか、父には経営者としての適切な判断が求められていた。

一時的なワインブームであると見て、経営基盤を固めるために売り上げを貯蓄に回すか。それともブームの勢いに乗って人々のワインの認知が進み、さらに売り上げが増加すると見込んで、葡萄園の拡張に投資するか。

父の出した答えは、後者だった。しかし、この選択は、大きな誤りであったことに気付く。あれほどワインが日本人の食生活に浸透しにくく、販売が難しいことを誰よりも理解していたはずなのに。ワインブームに酔いしれて、葡萄園の拡張と設備の投資に売り上げの全てをつぎ込んでしまった。

「名をとどろかせども金は残せぬか……」と、父がつぶやいていたのが印象的だった。

ワイン業の拡大、発展と共に農民の暮らしを豊かなものにするという大きな志のみが一人歩きをしてしまい、父には経営者としての賢明で冷静な判断が欠けていたのだった。

会社の倒産で川上家の混迷は増すばかり。私が東京から帰ってきたというのに皆それどころではない様子。

「嫌です。私は見合いなんてしたくない！」

「何を言っているんだ。お前は森本家に嫁ぐのだ」

突如、父と姉が言い争いを始めた。

「どこへ行くんだ、フユ」

姉は玄関を出て、農舎の方へ走りだしていった。

「お父様、一体どうしたの？」

「な、何でもない」

父はそう言うとそそくさとその場から離れてしまった。私はすぐさま姉の後を追った。

「ほんと困ったもんだよな」

後ろから聞き慣れない声がした。

「あ、平蔵！」

「久しぶりだな。トシ。お帰り」

久しぶりに会った平蔵は大きく成長していた。東京に行く前は私より背が低かったのに、この一、二年で私の背を追い抜いていた。声変わりもして、見違えるほどの好青年になっていた。

「ここ数カ月、旦那様とフユお嬢様は顔を合わせるたびにあんな感じだよ。俺たち従業員や使用人はなすすべもなく、ただ見ているだけ、というところさ」

話を聞くと、姉が川上家に戻り半年くらい経った時から、父は姉に縁談の話をいくつか持ってきて、お見合いを勧めるようになっていた。もちろん、有力者の息子と結婚することで、川上家を盤石なものとするためだ。

しかし、日露戦争の終結以降、葡萄園の経営状況が悪化すると、地域の有力者との関係は冷え込んでいき、縁談の話はまた一つ、また一つと消えていった。

姻戚関係を結べば、金銭をせがまれ、返してもらう当てのない金を渡すだけ、という悪い噂が流れていたのだ。それでも父は苦労して縁談話を見つけて、勧めていたが、姉は断るばかり。

どういうことなの？　姉さん。東京にいた時は自分の口から縁談話は必ず来るって言って覚悟していたじゃない！　私は姉の部屋に行き、理由を尋ねた。そこで姉から、驚きの告白を受けた。

「私、愛之助さんと一緒になりたいの」

姉が縁談を断り続ける理由がこれだった。帝国ホテルで出会った若き紳士、島本愛之助さんと上野駅で運命の再会を果たした後、姉は名刺に書かれた住所に手紙を出し、島本さんと文通を始めたそうだ。文を通わせるうちに、二人は惹かれ合い、恋に落ちた。

そうしたことから父と姉の関係は一気に悪化。そんな状況を改善する策が思い浮かばない私は、しばらく傍観するしかなかった。

そんなある日、また父と姉が言い争いをしていると、継母が二人の間に割って入った。

「やめて。あなたには関係ないことよ」

「母親に向かってその口の利き方は何だ」

「やめてください。旦那様」

姉の手が少し継母に触れると、彼女はそのままバランスを崩し、尻もちをついてしまった。少し痛そうなそぶりを見せる継母を見た姉はびっくりして、その場から逃げるように駆けていった。

「平蔵」

私が声をかけると、

「ああ、俺に任せろ」

と、平蔵は姉を追いかけた。

「お継母様、大丈夫?」

私が駆け寄ると、

「大丈夫よ。一人で立てるから…ううっ。痛い」

継母は急にお腹を押さえ、痛みを訴え始めた。

「大丈夫か、達!」

父に抱えられて、継母はなんとか立ち上がり、そのまま本宅の奥へ入っていった。しばらくして、医者が来て、診察を始めた。数分後、医者が部屋から出てくると、父と私、さらに妹や祖母が集められ、

「奥様は特に問題ありません。痛みが出たのはけがではなく、ご懐妊でございます。おめでとうございます」

と、話した。父はすぐさま継母に近寄り、

「でかしたぞ。今度こそ男だ」

「気が早ようございます。旦那様」

新たな命を授かったことに父は目を輝かせて喜んでいた。


「姉さん！　どこ？」

「おーい、こっち、こっちだ」

私は姉を探して葡萄園を駆けずり回っていた。見晴らし台の近くまで通りかかった時、先に姉を追いかけていた平蔵が声をかけてきた。

「フユお嬢様は向こうにいるぜ」

頸城平野が一望できる見晴らし台の片隅で独り佇む姉。

「姉さん。お継母様は、大丈夫だよ。実は…ご懐妊だって」

「そう…。これ以上、お見合いを断り続けることは無理なのかもね。明日、お父様に森本家へ行くと告げるわ」

「それでいいの？　姉さん」

「トシ、ここから直江津の海が見えるでしょ？　お父様がまだ子どもの頃は、この北方の地から直江津に出るまでに他人の土地を歩くことなく行けるくらい、たくさんの土地を持っていたんだって」

「そういえば以前おばあ様がそう言っていたね」

「今から考えるとうそみたいよね。葡萄園の経営が厳しいせいで、どんどん借金を重ねて、その返済のためにかなりの土地を手放して。それでも、次から次へと借金返済の催促が続き、途絶えることがないなんて。でも、私が森本家に嫁げば、こんな苦しい生活をしている家族のために少しでも役に立てる。これでいいのよ」

「姉さん、一緒になりたい人がいるんでしょ？　諦めちゃダメよ」

「あなたがそう言うとは思わなかったわ。あなたはこの葡萄園のこと、大好きだから。川上家の人間として、父の言うことを聞いて、葡萄園を助けなさいって言うと思ったわ」

「好きな人同士が離れ離れになるって、なんか悲しすぎると思って」

「そうね。ふふふ」

平蔵がぶどうの樹の陰から私たち姉妹の後ろ姿を見守っていた。ぶどうの樹の新緑の葉が、西日で真っ赤だった。


「好きにするが良い」

次の日、父は、突然手のひらを返したように姉に告げた。

「本当? 本当ですか? うれしい。あ、ありがとうございます、お父様」

予期せぬ父の言葉に戸惑いながらも、これまでにない最高の笑顔で感謝の言葉を口にする姉。

すると、一番驚いたのは祖母だ。傾きかけた家の立て直しのため、待望の婚姻となるところが、その目論見が完全に崩れ去ってしまったからだ。

「何を言っているんですか? 森本家に嫁いで、縁戚関係をより強固にしないと」

必死に食い下がるが、こうなると、いくら祖母でも父の考えを変えることはできない。

祖母は少し打ちひしがれたような表情を浮かべながら、部屋から出て行った。

「今度、その青年を連れて来なさい。是非会ってみたい」

「分かりました」

その後、お相手の島本さんが川上家に顔を出し、父の許可を得て、無事に婚姻の手続きを進めることになった。

継母のお腹が大きくなり、間もなく臨月を迎えようとする頃、姉と島本さんの結婚が滞りなく行われた。

島本さんは、姉より十歳年上で、この後、盛岡高等農林学校の農芸化学科へ赴任した他、東京外国語学校へも赴任し、各学校で倫理学を担当する。そして、大正14（1925）年には、京城帝国大学新設に伴い、第一倫理学講座担当教授を務めるなどの経歴を有する方だ。

「ごめんね、トシ。森本家との縁談、今度はトシの所に来たんでしょ?」

「ううん、大丈夫。いつか、お嫁に行くって覚悟はしてたから」

「平蔵がいるって、お父様に話してみたら」

「え?　なんで?　なんで、平蔵なの?」

突然、姉から平蔵の話が出て、私は動揺した。

「あら、トシにも心に決めた人がいるのかと思ってたわ」

姉が島本家へ嫁いで行った。おめでとう姉さん。お幸せに。

次は私の番。頭でそう分かっていても、心の整理が追い付かない。私は常にその成長を見届けてきた、この岩の原葡萄園が大好きだ。ここから離れることになると思うと、胸が締め付けられるようで、痛い。

そして、平蔵。私は子どもの頃から一緒に育ってきた姉弟のように感じていたが、姉にそう言われると…。

しばらくして継母が出産した。男の子だった。待望の跡取りの誕生に、「よくやったぞ、達」と、父はうれしさを抑えきれない様子だ。父だけではない。祖母も、そして従業員たちも待ちに待った男児の誕生に歓声を上げ、川上家は大きな喜びに包まれた。

ただ、私は素直に喜ぶことができず、農舎の窓から独り、外を眺めていた。弟ができて、すぐにでもその顔を眺めたいのに。

「慶一」と名付けられたその子はすくすくと育って…いくはずだった。そう、川上家の未来を担う大事な跡取りとして。しかし、生まれて一カ月もしないうちに慶一は亡くなってしまった。この世には神様なんていないのだろうか。川上家は誕生の喜びから一転、悲しみのどん底につき落とされてしまった。

継母が心配で本宅に足を運んだ私。しかし、玄関先に足を踏み入れると、継母のむせび泣く声が耳に届き、私の足は凍りついたかのようにそれ以上進めなかった。何もできない自分がむなしい。間もなく、継母は、あまりのショックで倒れ込んでしまい、床に伏してしまった。

それから数日後、父が私の所にやってきて発した言葉に耳を疑った。

「森本家との婚姻の話は白紙だ」

「どういうことですか？」

「トシ、お前は跡取りとなる婿を取り、この葡萄園を引き継ぐんだ」

私がこの葡萄園を引き継ぐ？　大好きな葡萄園と共にいられるという喜びがまず湧き起こったが、弟の死の悲しみ、そして、葡萄園の将来に大きな不安を感じ、私の心は一気に引き裂かれそうなくらい苦しくなった。

父は跡継ぎを私と決め、婿候補を探し始めた。その際、地元の有力者からではなく、農業の専門的な知識や技術を有している者を選ぶことにした。そこで、親交のあった北海道帝国大学（現在の北海道大学）農学部長、星野勇三《ゆうぞう》さんに候補者の推薦を依頼した。星野さんは、父の申し出を快く受け入れ、農学部で農業経済学を学び、首席であった柳沢英夫《ひでお》さんに白羽の矢を立てた。

英夫さんは長野県南佐久郡平賀《ひらか》村の柳沢護《まもる》さんの次男として生まれ、少年時代から秀才で知られていた。

「トシ、三日後にお見合いをする。いいな？」

「ええっ？　三日後ですか？」

突然、お見合いの日を告げられて、私の胸の鼓動は一気に跳ね上がった。それにしても三日後なんて。全然気持ちの整理が追い付かないよ。


「お見合いをするんだってな」

見晴らし台でぼーっと景色を眺めていた私に平蔵が声をかけてきた。

「ええ、しかも葡萄園を引き継げって、お父様が」

「跡取りとなるはずの慶一坊ちゃんの死が旦那様の考えを大きく変えたんだろうな」

「私、どうしよう？　お継母様だってどんな気持ちか。先妻の子が跡を継ぐなんて」

「俺は、俺はさ…。こと、断って…」

平蔵がボソッとつぶやいた。

「え？　何て言ったの？」

「あ、いや、何でもない。旦那様が決めたことだぜ。皆、従うしかないんだ。それに、大好きな葡萄園を一番近くで見守っていけるんだから、いい話じゃないか！」

「そう…、そうよね。ありがとう、平蔵。少し決心がついたわ」

色々考えても仕方ないよね。よし、まずはお見合いをしてみよう。あれ？　なんだか平蔵は浮かない顔をしているけど…。

そして、三日後、川上家でお見合いが行われた。私はあまりの緊張で、英夫さんの顔を直視することができず、終始うつむいたまま。どのようなお話をしたのか、全く覚えていない。すると、顔合わせはそこそこに、外に出て葡萄園を父が案内することになった。

「広い農園ですね。ここを川上さん個人で経営されているんですよね。私には想像できないほどのご苦労がおありでしょうね」

「いやあ、それほどでも。そうそう、娘のトシはね、ここから望む頸城平野の景色が大好きなんですよ」

父は英夫さんを見晴らし台まで案内した。私は英夫さんと目が合い、反射的に顔をそらしてしまった。

「おい、あの人がトシお嬢様の見合い相手だぞ」

私たち三人が葡萄園を散策する姿を見て、他の従業員たちが平蔵に話しかけていた。

「興味ないね」

平蔵は、不機嫌な顔で一言吐き捨て、その場からいなくなった。

その後、栽培試験場や第二号石蔵、雪室などを案内し、お見合いは終了した。

「良い返事をお待ちしているよ」

そう父に言われて北海道へ戻る英夫さんを、私は高田駅まで見送りにきた。

「トシさん、あなたの葡萄園はとても素晴らしい所だね」

「そうおっしゃっていただき、大変うれしいです。でも、その葡萄園の経営はとても厳しい状況なんです。父は今日、葡萄園の良い所のみをお見せしましたが、ワインが全然売れていません」

「そうなんですね」

「そして、父はとても頑固で気難しい性格です。結婚しても英夫さんの苦労が絶えないだけかと」

「川上さんや葡萄園のお噂は色々と聞いていますよ。それを承知の上で私はこのお見合いを引き受けました。それよりもトシさん、包み隠さず、全てを話してくれてありがとう。私はあなたとなら、信頼して夫婦になることができると思います」

「え？　そ、そんなこと」

私の顔が一気に熱を帯びたことがすぐに分かった。

英夫さんは優しい笑みを浮かべて汽車に乗り込み、北の大地へと帰っていった。

その数日後、英夫さんから縁談について承諾する旨の手紙が届いた。

いよいよ、私も結婚するのね。英夫さんと共にこの葡萄園で新しい歴史を刻んでいくんだわ。

大正3（1914）年9月、厳かに結婚式が行われ、英夫さんは婿入りし、姓を川上に改めた。この時、私は二十三歳、英夫さん二十五歳。

「不束者ですが、どうぞよろしくお願いします」

私と英夫さんの新生活がスタートした。

「英夫です。皆さんよろしくお願いします」

英夫さんの葡萄園の初仕事が始まった。父は英夫さんの世話役を平蔵に命じた。大丈夫かな。平蔵に務まるのかしら。

「英夫君は北海道帝国大学で農業を学んで、優秀だ。しかし、岩の原葡萄園のことは、素人。平蔵、色々と教えてあげてくれ」

「へえ、旦那様」

平蔵は第一園から順番にぶどうの栽培手順や生育状況、留意点や工夫している点などを説明して回った。しかし、平蔵の態度が変。いつもの笑顔がない上にピリピリしている。

それでも英夫さんは手帳を片手に淡々とメモを取りながら、平蔵の言葉を一つ一つ漏らさず、細かく書き込んでいった。

案内が進み、見晴らし台まで登ってくると、雄大な頸城平野が眼下に広がり、その視線の先には日本海の青く雄大な海が水平線のはるか先まで横たわっていた。

「この景色は最高だね」

英夫さんの言葉に無反応で背伸びをする平蔵。

「ところで、平蔵君は若いのに、ぶどうのことに詳しいんだね」

「子どもの頃から働いているからな」

ぶっきら棒に答える平蔵。

「説明も的確で、分かりやすい。大旦那が君を指名された理由がよく分かるよ」

「そ、そんなことは」

少し照れる平蔵。まんざらでもない顔だ。

「ぶどう博士になれるぐらいさ」

「いやぁ、照れるなあ。そうだ、一つ大事なことを教えておくぞ。大旦那に返事をする時は『はい』ではなく、『へえ』だ」

「え？　そうなの？」

『へえ』はこの地域に伝わる京言葉で、敬語の一つ。間違ったら大変だ。俺はこの前、ついうっかり『はい』と返事をして、大目玉をくらったんだ」

英夫さんに褒められて、いつものお調子者の平蔵に戻ると、二人の間に笑いが巻き起こった。良かった。どうやら二人、息が合いそうね。

ふと、英夫さんがぶどう畑に目をやると、

「おや、あの集団は何だい？　結構な人数だが」

「地元の農民たちだ。大旦那のご厚意により、副業でこちらの仕事を手伝いに来ているんだ」

「それにしても人数が多い」

「仕方ないよ。大旦那が農民たちの救済のため、採算度外視で仕事を与え、賃金を支払っているのだから。大した働きもせずに金目当てで集まってくる奴らが多くて、俺は困ってるんだ」

「なんということだ。こんなに多くの農民を雇い入れていたら、支払う賃金が膨れ上がって、お金がいくらあっても足りなくなってしまう」

そう、英夫さんは、すぐにこの葡萄園の問題点に気が付いたのだ。

別の日のこと。その日は朝から雨が降り続いていた。葡萄園で働く農民がいつもより多く集まっていた。

「雨の日は、田んぼの農作業は休みになるからなあ。ここに来て銭を稼ぐのが一番賢いぜ」

と、言って雨の日だけ働きに来る者がいた。

またある日には、日中隠れて農作業を全くせず、夕方になるとひょいっと現れて金をもらって帰る者もいた。

こうした状況をつぶさに見てきた英夫さんは、

「トシさん、お義父さんのやり方は尊重したいが、これだけは指摘させてもらうよ」

そう言って、とうとう父に問題点をぶつけた。

農業経済学を専攻してきた英夫さんは、採算度外視の貧民救済では、資金繰りのめどが立たなくなり、いずれ必ず破綻することを見抜いたのだ。

すると、父は「貧しい農民たちに副業を与えて、少しでも収入を増やしてあげるために葡萄園を始めたのだ。金が惜しいからと農民たちの人数を減らすなど、あってはならない。今のままで良い」と言って、英夫さんの指摘をバッサリ却下したのだった。

ふと外を見ると、葡萄園の空に厚い雲がかかり、降り出した雨がぶどうの葉を強く打ち始めていた。

私と英夫さんが結婚する二カ月前の、大正3（1914）年7月、第一次世界大戦が勃発した。このことを承知していた英夫さんは父に、「この戦争の影響はいずれぶどう業にも出るでしょう。世界大戦のため、ワインを含む欧州商品の輸入が途絶え、国産洋酒の需要が増加するはずです。これを機会に経営体制の見直しをお考えください」と提案した。

個人が資金を注ぎ込んで運営していくには限界がある。葡萄園の経営が軌道に乗らないのに、父はどうして農民の救済ができると思うのか、英夫さんには理解できなかった。今の葡萄園の規模を維持し、ワインの品質向上を図るには会社組織にして広く資本を集め、最低限の利益を出すべきだと英夫さんは父を懸命に説得した。

しかしながら、父はこの時も英夫さんの考えは、自分の志を理解せず、批判するだけのものと受けとったようだ。

「英夫よ、名前を残すか、金を残すか、お前はどっちだ?」

「どういう意味ですか?」

「所詮お前には金のことしか見えていないようだ」

「そういうことではありません。まずは、経営基盤を安定させるべきだと言っているんです」

英夫さんは父の葡萄園の運営を全面的に手伝ったが、今一つ歯車が噛み合わない。やっぱり心配していたことが現実となってしまったわ。どうしましょう。

また、結婚後、私たち夫婦は、離れの農舎を住まいとした。父たちが住む本宅には、慶一の死後、なかなか足を踏み入れることができなかった。さらに、結婚後の翌年には、私たち夫婦に長女・スミ子、さらにその三年後には長男・忠一が生まれた。私たち夫婦が順調に子どもを授かり、さらに跡取りも生まれたとなると、達子さんの心情は穏やかではない。

そして、この二つの家族の間をうまく取り持っていた祖母も、家族に看取られながら天国に旅立った。父の志に振り回されながら必死で川上家を縁の下で支え、守ってくれた祖母。そんな祖母もいなくなってしまったことから、本宅への行き来が遠のき始め、父夫婦と私たち夫婦との間にも少しずつ溝が広がっていった。

ぶどう畑の端、大きな墓が一つある。川上家の墓だ。亡くなった祖母を偲んで、厳かに手を合わせる私たち家族。その時、

「あれ、この墓標は？」

英夫さんが尋ねた。

「それは、勇気東《ゆうきあずま》という馬のお墓よ」

「馬を飼っていたんだね」

「ええ、高田に陸軍の第十三師団があるんですけど、そこの二代目師団長さんと父はとても仲が良くて、交代される際にその愛馬を譲り受けたんですって。父は洋服姿に帽子をかぶり、眼鏡をかけたまま、よく勇気東にまたがり高田の町に出掛けていたわ」

「馬を乗りこなすお義父さんは想像できないな」

「ふふ、そうね」

「楽しくお話されているところ失礼しますよ」

「あ、あなたは！」

「誰です？」

「父のことを追いかけている新潟新聞の杉岡記者よ。日本葡萄酒株式会社が倒産した時は酷い記事を書いてたわ」

「これは手厳しい。でもトシさん、その後の記事では、川上さんの仕事の素晴らしさをきちんと紹介していますよ」

「それで何の用ですか？」

「婿養子の方が新しい葡萄園主に就任したとか。取材をお願いしたくてね」

「私がその婿養子の英夫です。ですが、私は園主ではありません。ここに来たばかりで、まだまだ見習いです。もっと葡萄園の仕事を覚えてから、取材を受けたいと思いますので、今日はお引き取り願います」

「おっと、では今日のところは失礼しますか。英夫さん、あなたの働きを皆、注目していますよ。北大で成績がトップだったとか。楽しみですね…」

気味の悪い笑みを浮かべて立ち去る杉岡記者。英夫さんの顔がにわかにこわばり出した。

「英夫さん、大丈夫?」

私は英夫さんの腕に触れた。

「トシさん、分かっているよ。この傾きかけた葡萄園を立て直すために、私の力が試されているんだ」

そう言って、英夫さんは唇を噛みしめながら私の手を握り返した。


「よし出発するぞ」

「へえ、大旦那様」

昼時の葡萄園。大声を張り上げて、平蔵は父が引くワインが載ったリヤカーを後ろから押し、二人は数人の従業員を連れて出発した。

「お義父さんたちは、どこへ行ったんだ?」

「高田の街にワインを売りに出掛けたんです」

英夫さんの問いに私は答えた。

「お義父さん自ら? そんなの従業員に任せればいいのに」

「父はなんでも自分がしないと気が済まないのよ」

「だからって、こんな遅い時間に出掛けても販売時間はほとんどない。そんな効率の悪いことはやめないと」

英夫さんは怒りを抑えきれない様子だ。ああ、困ったわ。

夜、帰ってきた父に対して「お義父さん、販売なんて従業員に任せてください」と英夫さんは訴えた。しかし、

「また金の話か。もううんざりだ」

「そうではありません。もっと僕たちを信頼して仕事を任せてほしいと言っているのです」

「もういい」

父は全く聞く耳を持たない。

また、この頃、ぶどうはワインの原料よりも果物として食べることの需要が増え始めて

いた。そこで、英夫さんもワイン造りをやめて、生食用のぶどう栽培に切り替えれば、工場などの設備の維持費が減り、経営も大きく改善できると、父に相談を持ち掛けた。しかし、父はこれも取り合おうとはしなかった。二人の関係は、どんどん悪化の一途をたどっていく。どうしたらいいのかしら。

さらに、父は英夫さんから突き付けられた現実から目をそらすためか、ぶどうの研究にますますのめり込んでいった。販売などの売り上げにつながる仕事は後回し。気象の観測や品種の調査などは、ますます綿密かつ繊細なものとなっていった。そして、父が造るワインは博覧会や品評会で高い評価を受けるようになる。経営は厳しさを増す一方で、ぶどう研究者としての父の名声はどんどん高まっていくという皮肉な状況が生まれていった。

「こんな高い小作料払えるか！」

「そうだ、そうだ」

北方地域の小作人たちが農友会という組織を結成し、父以外の地主である三輪氏・塚田氏に対して争議を起こした。北方の小作料が他の土地のそれと比べて高いことが要因であった。大正期、こうした騒動は、全国各地で発生し、社会問題となっていた。

守勢に立たされた地主たちは、父に助けを求めた。

「善兵衛殿、我々と一緒に法廷に持ち込んで解決をせんか？　政府も力になってくれるはずじゃ。どうだ？」

父は悩んだ。三輪氏・塚田氏には岩の原葡萄園の借金があるため、良好な関係を保ちたかった。

「彼らの誘いに乗ってはいけません」

英夫さんが父に助言した。

「岩の原の従業員は大半が小作人です。少しでも地主側に加担するような発言をすれば、争議に巻き込まれます。何より、あなたの志がぶれてしまう」

「そうだな。英夫、ありがとう」

父は、直接介入をせず、小作人側に立つ姿勢を見せた。これにより、父は周辺農民からさらに厚い信頼を得るようになった。英夫さんの助言が父を救ったのだ。ああ、良かった。

また、この頃から父はぶどうに関する新しい論文をまとめ始めた。その際、外国の文献を読み進める必要があったが、独学の父には限界があった。

「すまんが英夫、翻訳に力を貸してくれんか」

「いいですよ。お義父さん」

父は、英夫さんを書斎に招き入れて、夜を明かすまで作業の依頼をするようになった。

何かにつけて意見がぶつかり合う二人だったが、大学で培った英夫さんの深い知識に対して、父は、「英夫の知識にはかなわないな」と言って、自分を抑えて歩み寄ることもしばしば出てきた。この二人の力が葡萄園の両輪となってうまく回り始めれば、経営も改善するはず。お願い、仲良くしてね。

葡萄園に立ち込める厚い雨雲の中に、一筋の光明が見えた。

ぶどうの収穫が一段落を迎えた頃、高士村ではとある話題が毎年のように上がる。

「彼女たちは今年も来るかなあ」

「はやくあの歌声を聴きたいのぉ〜」

村人たちが待ちわびている存在は「瞽女《ごぜ》」だ。瞽女とは、主に農村地域の村々などを転々としながら、三味線を弾き、唄を歌って門付けをして歩くことにより、生計を立てていた盲目の女旅芸人のことだ。明治期以降、新潟県を中心とする北陸地方には多数の瞽女がいたという。ここ高田にも、高田瞽女と呼ばれる者がいた。

テレビや映画といった娯楽がなかった時代、この瞽女の唄は農村地域の人々の唯一の楽しみだった。そして、瞽女が来るとその地域の一番裕福な家に宿泊する。宿泊先は決まっていて、その家を瞽女宿と称した。瞽女はそこを拠点に昼間は家々を回って、門付けをし、夜は瞽女宿の家で地域の人々を集めて、段ものと呼ばれる長い唄や都都逸などを歌い、人々の心を楽しませていた。

高士村における瞽女宿は私たち川上家だ。三人一組の瞽女が秋に村にやってきて、さまざまな唄を歌って、村人に娯楽を提供して帰っていく。そして、今年もまたその季節がやってきたのだ。

「おーい、瞽女さんがやってきたぞ」どこからともなく村人の声が聞こえてきた。

私も瞽女の唄を毎年楽しみにし、待ち遠しくしていた一人だ。

瞽女は大きな荷物を背負い、三味線を抱え、白杖を持って、三人が一列に並んで歩いていた。先頭の手引きをする女性は、少々見えるようだが、それでも視力はかなり弱く、後ろの二人は全く視力がないという。そのため、手引きをする女性の背中の荷物を二番目の女性がつかみ、さらにその後ろの女性は二番目の女性の荷物をつかんで、山道や田んぼのあぜ道など、どんな道でも離れることなく、そして間違えることもなく、歩いてやってくるのだった。

千夜通うても　逢われぬときは
御門扉に　ソリャ文を書く

御門扉に　ソリャ文を書く

瞽女が川上家に到着し、家族揃って出迎えると、家の前で門付けが始まった。唄が終わると瞽女の首から下げた袋の中に、枡に入った米を入れた。

「川上さん、お世話になります」

「さあさあ、上がって旅の疲れを取りなされ」

と、達子さんが瞽女を本宅へと招き入れた。すると、目が見えないはずなのに、瞽女は草履をきれいに揃えて、家の中に入っていった。

瞽女の名前はトミ、スズ、サクと言い、このサクさんが親方だ。とてもきれいな歌声とさまざまな種類の唄を知っており、私はいつもこのサクさんの唄を楽しみにしている。

足を洗って、家の中に上がろうとした時、私はサクさんが身に付けていた巾着の端がほつれているのを見つけた。そのことを伝えると、

「これは失礼いたしました」

そう言ってサクさんは荷物の中から裁縫道具をさっと取りだし、針を手に取ると、いきなり自分の下唇にその針を当てた。私は咄嗟にその手を止めようとした。

「大丈夫ですよ、トシさん」

そうサクさんは言うと、なんとその唇に針と糸を沿わせて動かすことで、針穴を探し、見事穴に糸を通して見せた。その唇にまるで目があるかのように、とても滑らかな動きで糸を通し、ささっと巾着のほつれを直してしまった。

「すごい」

つい私は見とれてしまった。

「お粗末様でございます」

サクさんはそう言って笑った。

その後、日が暮れると、どこからともなく村人たちが川上家へ次々に集まってきた。夜になると、瞽女は瞽女宿の家の座敷でさまざまな芸を披露するからだ。それを見ることを楽しみに村中の至る所から老若男女問わず、皆集まってくる。サクさんたちも夜の興業のために晴れ着や羽織に着替えて、準備を整えていた。

川上家の広間は大勢の人々によって埋め尽くされ、その前に三人の瞽女が現れると、歓声と拍手が湧き起こった。きれいに敷かれた三枚の座布団の上に、真ん中にサクさん、その右隣にスズさん、左隣にトミさんが次々に座って、三味線の音色と共にサクさんたちの艶やかな歌声が部屋いっぱいに響き渡る。

目を閉じてじっと聴き入る者、手拍子をしながら聴く者など、村人たちは思い思いの聴き方でこの時間を楽しんでいる。なんて心にしみいる歌声と音色かしら。一方、父と英夫さんはというと、広間の一番奥の方で、湯飲みにワインをついで、数人の村人たちと一緒に酒盛りをしながら、その歌声に酔いしれていた。

しばらくすると、

「瞽女さん、葛の葉を歌ってくれ」

と、声が上がり、

「俺も一緒に歌うぞ」

そう言って、村一番ののど自慢の男性が一緒に歌い始めたり、女性たちが踊りだしたりと、その日の座敷は夜遅くまで盛大に行われた。

瞽女はその後、川上家に三日間宿泊し、周辺の家々を門付けして回った。そして、四日目の早朝、宿泊した部屋の掃除を早々に終わらせ、身支度を整えた三人は、本宅の玄関に立ち、私たちに深々とお礼を言って、川上家を後にした。

一年のうち三〇〇日は旅をしていたと言う高田瞽女。次の目的地を目指して旅立った。

その後も毎年のように瞽女は川上家へやってきた。瞽女宿を務めるには経済的に裕福でなければならない。困窮を極める川上家だが、父はどんなに苦しくても、快く瞽女を受け入れていた。そこには巡業が生業の瞽女の生活の糧を奪ってはいけないという父の思いがあったのかもしれない。

しかしながら、時の流れは残酷で、ラジオやレコードの普及により、人々の娯楽にも変化が表れ始めると、瞽女たちは廃業に追い込まれていく。川上家にやってくる瞽女も例外ではなく、いつしか川上家から三味線の音色と美しい歌声が聴こえてくることはなくなってしまった。


英夫さんが岩の原葡萄園に来てから八年ほど経った。農作業がすっかり板についた英夫さんと父の共同作業はうまく噛み合っていた。しかし、表面上は、という表現が正しい。農民たちの生活向上のためという父の志と、合理的に進めようとする英夫さんの考えとの間には見えない高い壁が立ちはだかり、葡萄園の経営は一向に改善しない。そして、父はぶどうの品質に納得できないことから、より良いぶどう品種を追い求めて、国内外から苗を購入し、資金をどんどんつぎ込んでいった。

そんなある日、農舎でお昼休憩を取っていた英夫さんが食事を終えて読み始めた一冊の本が、父の目に留まった。

父は見慣れない題名の本を手にしている英夫さんに話しかけた。

「『遺伝…』？　英夫、その本は何の本だ？」

「これは私の恩師、北海道帝国大学の星野先生から薦められた本です」

「それは興味深い。星野先生は…ええっと何と言ったかな？　オーストリア＝ハンガリー帝国※の牧師で…」

「メンデルですか？」

「そうだ、そのメンデルの法則を我が国に紹介した園芸育種学の権威と言える方だ。その方が遺伝の本を薦められたわけか」

「著者は…『見波定治《みなみさだはる》』。おお、これは、もしかしたら親戚の見波定治君か。いやー立派になって。確か遺伝に関する研究をしていると言っていたが、本を出すまでに成長したのか」

「遺伝の考えを応用して作物を改良するという視点はとても学ぶべきところがあります」

「そうか、今度見波君に我が葡萄園にも来てもらって少し講義をしてもらうかな」

「それでは、午後の作業を始めます！」

と、農場長の声が響き渡ると、英夫さんたちは作業に入った。

このメンデルの遺伝研究を推し進めた見波先生、そして、次に登場する人物が父と英夫さんのぶどう栽培に大きな展開をもたらすこととなる。

※現在のチェコ共和国

ある日、ぶどう畑で父と英夫さんが話をしていた。英夫さんが、

「米国種のぶどうは、樹体、果実の粒共に健全で強健な性質のため、雨が多いこの地域の気候風土にも適応し、毎年しっかりと実を付けてくれる。しかし、狐臭・奇臭がするため、優良なワインには向いていない品種が多いですね」

そう分析すると、父が答える。

「そうだな。逆に欧州種は、非常に良い香りと味わいを醸し出すが、樹体、果実の粒共に軟弱で病虫害に侵されやすい性質がある」

さらに父の言葉が続く。

「私は今までに欧米各国のぶどう五〇〇余りの種類を栽培してきて、もうすでに三十年以上が経とうとしているが、いまだに理想のぶどうに出合っていない。このままでは、世界のぶどうを全て買い占めてしまいそうだ」

と、苦笑いをした。

「これまでに理想に近いぶどうはあったのですか?」

「いや、全くない。皆無だ。いずれも一つ良ければ、どこか悪いところがある。一長一短という言葉があるが、一長三短のぶどうばかりだ」

父は眉をひそめた。

「いっそ、理想のぶどうを自らの手で作り出すことができたら、これまでの苦労が報われるのでしょうけど」

そう英夫さんがぽつりつぶやくと、父が大きく反応した。

「え、今何と言った？　理想のぶどうを作る？」

「ええ、自分で理想のぶどうが作れれば、苦労が報われると」

「自ら作るか…。先ほどの見波君の書籍で出ていた法則は何だ？」

「メンデルの法則ですけど」

「自ら作る、メンデルの法則、遺伝…」

ブツブツと独り言を始める父。英夫さんは怪訝そうな面持ちで父の顔を覗き込んだ。

険しい表情をしていた父の口元が徐々に緩み始めた。

「英夫、覚えているか、山田惟正《ただまさ》農学士のことを」

「ええと、確か、数年前に我が葡萄園に来られた方ですよね。福井県の松平試農場で勤務されて…あっ！」

父と英夫さんは顔を見合わせ、何かを思い出したようだった。

「そうだ、あの時、山田氏は、人工交配で優良品種を作ったことをお話しされた。その人工交配が彼の話通りにうまくいくのであれば…」

と言って、父はぶどう畑を飛び出し、駆け出した。英夫さんもその後を追った。

「どうしたの？　英夫さん！」

父の行動に驚き、私はとっさに英夫さんに駆け寄り、声をかけた。

「ああ、トシ。ちょうどいい、一緒に来るんだ」

私と英夫さんは一緒に父の後を追いかけた。向かう先は葡萄園の一番端の第八園にあるらしい。そこは小高い裏山の見晴らし台を過ぎて、さらに奥に進んだ所にある。

第八園に到着した父は、一本のぶどうの樹を見て立ち止まった。

「はあはあ、お父様、いきなり、どうしたの？」

「見てみろよ、この樹を。他の樹と全く違う」

その樹を見上げてみると、父が言う通り、他の樹と全く異なり、各枝にぶどうがたわわに実り、大きさも数も他のぶどうよりも優れていた。

「どうしてこの樹はこんなにたくさんの実を付けているの？」

私が問いかけると、英夫さんがこう答えた。

「この樹は山田先生が推薦してくれた人工交配の樹だよ」

そう、山田先生とのいきさつは時間を巻き戻すこと、約五年前。あの日のことだ。

「さあさあ、早くこちらに来てください。さあ早く！」

と、平蔵が農場に一人の男性を連れてやってきた。

「平蔵、そちらの方は？」

精悍な顔立ちで、外仕事を普段からしているのだろう、日焼けした顔が印象的な男性がいた。

「今日、見学に来た方なんですが、ぶどうの品種改良に取り組んでおられるというので、お連れしたのです」

「初めまして。私、越前松平試農場に勤めている山田と申します。私は勤務先で、ぶどう栽培と品種改良を手掛けています。こちらの葡萄園では珍しい種類のぶどうをたくさん栽培しているという噂を聞き、見学に参りました。突然押しかけまして、誠に恐縮です」

すると、来園された山田先生に英夫さんが尋ねた。

「ぶどうの品種改良をされているのですか」

「ええ、いくつか人工交配を試みまして、その中でも一番の成功例がマスカット・ジエッシカというぶどう品種です」

「ジエッシカ、ですか？」

「ええ、ジエッシカを母本にし、これにマスカット・オブ・アレキサンドリアの花粉を交配して育成しました。交配から五年ほど経過した昨年、ようやく素晴らしい成果を見せまして、私は両方の名前を取って、マスカット・ジエッシカという名前を付けたのです。双方の樹の優れた特徴を備えた、樹勢が健康でかつ、品質の優れたぶどうなんですよ」

「それはなんとも興味深いお話だ。さあ、こちらに入ってお話をゆっくり聞かせてください」

そう父が言うと、山田先生を本宅に招き、英夫さんと共に人工交配の話に耳を傾けた。

この話は、深夜まで続き、本宅の明かりがいつまでも消えることがなかった。

「貴重なお話、大変ありがとうございました。是非、我が園でも交配に挑戦してみたいと思います」

「お役に立てて何よりです」

「平蔵、山田さんを駅までお連れしなさい」

翌朝、平蔵は山田先生を丁重に駅までお送りした。

その後、岩の原葡萄園では山田先生に教わった交配を行い、マスカット・ジエッシカの育成に挑戦を始めた。

しかし、最初の二、三年はなかなかぶどうの実が取れず、思ったような成果が得られなかったことから父たちの中に諦めの気持ちが生まれ、いつしか人工交配した樹の存在を忘れていた。ところが、今日、英夫さんとの会話から一気にその記憶がよみがえり、生育状況を確認しに来てみると、予想以上の大豊作となっていたのだ。

「すごい、これが人工交配の力か」

父は、人工交配によって作り出したぶどうの出来栄えに感嘆の声を上げた。そして、興奮収まらずに英夫さんに語りかける。

「英夫、病気に強い米国種と味・香りの佳良な欧州種を交配し、両方の長所を受け継いだ品種を作れるとしたら、最高ではないか」

「そうですね。でも、簡単にできるものでしょうか」

「それだ。ただ交配するだけですぐにできるのであれば、苦労はない。しかし、メンデルの法則を使って遺伝に着目すれば、道が開けてくるのではないだろうか。先ほどの見波君の本を貸してくれないか。私もよく読んでみたい」

第八園から戻ると、父は見波先生の書籍を手に取り、本宅の書斎へと駆け込んでいった。その夜は夕食も取らずに書斎にこもり続けた父。そして、翌朝、

「平蔵、大旦那はどこだ?」

「それが、朝早くに荷物を持って、出掛けられました。汽車に乗って、京都に行くと」

「なんだって？　京都？　一体大旦那は何を考えているんだ？」

困惑する英夫さんだが、父不在のまま仕事を開始した。しかし、夜になっても父は帰ってくる気配がない。一体どこに行ったのかしら。そして、次の日も、父不在のまま、英夫さんの指示のもと農場での作業が続き、夕方近くになった時だった。

「今帰ったぞ」

皆の困惑をよそに何食わぬ顔で父が帰ってきた。

「おかえりなさい…、あら？」

ふと見ると、父の隣に三十から四十歳くらいの男性がいた。一瞬、また身寄りのない人を連れてきたのかと思ったが、その方はきれいなスーツに身を包んでおり、それなりの地位にある方だとすぐに分かった。

「お父様、その方は？」

と、私が尋ねると、

「見波定治君だ」

「ええっ？」

「確か、京都で教壇に立っていると聞いていましたけど、まさか、わざわざ京都から連れて来られたのですか？」

「ど、どうも。皆さん、こんにちは。見波です」

少し恥ずかしそうに見波先生が挨拶をした。

「見波君の本を読んだら、居ても立ってもいられず、お願いして来てもらったのだ」

と言って父は見波先生の肩をぽんと叩いた。

父の行動力には驚かされるばかりだ。思い立ったらすぐに行動するその姿勢は、若い頃から変わらない。一方で、京都から無理やり連れて来られた見波先生には同情の気持ちでいっぱいだ。ごめんなさい、見波先生。

「闇雲に人工交配をしても思うような成果は出ないだろう。しかし、見波君の書籍にあるメンデルの法則のような規則性が、ぶどうにもあると思う。それを見つけて、優れたぶどう品種を作り出すんだ。見波君、ご指導願う」

いくら親戚とはいえども、自分とは一回り年下の人物に躊躇なく頭を下げて、技術を学ぼうとする父。

「川上さん、あなたの熱意には負けますよ」

見波先生は諦めに似た顔で笑みを浮かべた。

早速、父は見波先生をマスカット・ジエッシカの場所へ案内し、人工交配によって作り出した品種であることを説明し始めた。

「人工交配の成功例があるのですね。ここにはたくさんのぶどうの種類があると聞いています。メンデルの法則を用いて、さまざまな実験を行ってみましょう。きっと成功するはずです！」

そう言って、見波先生と父はがっちりと握手を交わした。

「英夫さん、この事業にはあなたの知識も必要です。是非一緒にやりましょう」

と、見波先生が英夫さんに声をかけた。

「私が？　私の知識ですか？」

「ええ。あなたは北海道帝国大学の星野勇三先生の御弟子さんです。星野先生は、メンデルの法則を日本に最初に伝えた方。その先生の元で学んだ英夫さんであれば、僕も学ぶべきところがたくさんあるはず。是非、力を貸してほしい」

「私からもお願いする、英夫。私一人の力ではダメだ。よろしく頼む」

「お義父さん…」

英夫さんは二人の握手した手の上に、自分の手もゆっくりと乗せ、三人でがっちりと握手を交わした。

大正11（1922）年、父は、メンデルの法則を取り入れた人工交配へと舵を大きく切った。ただし、その道もこれまで同様決して平たんな道ではない。

父はすでに五十四歳。ぶどう栽培を始めて約三十年が経過していた。この間、日本の気候風土に適応した品種を見つけ出すために、国内外から多くの品種を取り寄せ、試作実験を重ねてきた。こうした取り組みに見切りをつけ、人工交配に一から挑戦することを決意した。その決断力と年齢を感じさせない熱意に、我が父ながら、ただ脱帽するのみだ。

穏やかな太陽の日差しが降り注ぎ、春の訪れを予感させる、そんなある日の午後のこと。父、英夫さん、見波先生の三人による共同作業が始まった。忙しそうに作業をしている英夫さんに、私はつい気になって、声をかけた。

「本当に人工交配を始めるのですか？」

すると英夫さんは子どもに話しかけるようにやさしく答えた。

「そうだよ。これまでのやり方では結果が出なかった」

「でもうまくいくの？」

「大丈夫さ。この葡萄園にはこれまで栽培してきた約五〇〇種類の品種とその経験がある。きっと理想のぶどうを生み出すことができるはずさ」

「ふふふ」

英夫さんの話を聞いた私は、自然と笑みがこぼれた。

「何がおかしいの？」

「おかしいのではなくて、うれしいのです。だって、今まで、英夫さんから葡萄園のお話が出ると、いつも父への愚痴や厳しい経営状況などの暗い話ばかりだったんですもの。今回はとても楽しそうにお話をされるのですから。なんだか、うれしくなって」

「そ、そうかい？」

少し照れた英夫さんはとてもかわいらしかった。

「この人工交配は、とても興味深い。これが成功したら、日本中に衝撃が走ることになるだろう。それだけ画期的なことに取り組もうとしているんだ。自然と力が入ってしまうよ」

と言って、英夫さんは、強く握りしめた二つの拳をじっと見つめた。

「もっと交配のお話を聞かせてください」

目を輝かせている英夫さんに私は質問を続けた。

「いいのかい？　丸一日かかるよ」

「えっと…」

「はは、冗談だよ、冗談。できるだけ手短に話そう。まず春に、交配を行う欧州種と米国種のぶどう品種を一つずつ選ぶ。そして、一方のめしべにもう一方のおしべの花粉を受粉させる。これが交配だ。その年の秋になると交配した樹からぶどうが採れる。ぶどうの実ができたら、その中にある種子を取り出し、次の年に播く。するとその種子から芽が出て、枝が出て、三から四年でぶどうができる」

私は言葉に詰まった。

「さ、三から四年…」

「そうだよ。そして、交配してから五、六年経った樹のぶどうの実の果実の色や形状、味、病気に強いか、気候風土に適合しているかなどを調べて、米国種と欧州種の良い特徴を受け継いでいる樹を選抜する。一番良い樹を見つけたら、苗木を十から二十本作り、農場で本格的に育てる。こうして、ようやくまとまった量のぶどうの実ができるので、ワインに仕上げて世に送り出すという流れだ」

「それまでに何年かかるの？」

「およそ、十年から十二年というところかな」

「そ、そんなに！　そんなに時間がかかるようでは、この葡萄園は倒産してしまいます。今でさえ、ぎりぎりの状況なのに、そんな余裕なんてありません」

私はつい声を荒らげてしまった。

「君の言うことも分かる。しかし、他に手がない。今の状況から抜け出す最後の手段が人工交配なんだ」

「納得できません。父に掛け合ってみます」

私は父が作業をしている第八園に向かって、歩き出した。

「お、おい、ちょっと待ってくれ」

英夫さんの制止を振り切って、私はまっしぐらに突き進んだ。

父は、人工交配の一大事業に取り組むための試験場を第八園の一角に設け、「メンデル区」と名付けていた。

そこに私が顔を見せると、声をかけてきた。

「おお、トシではないか。聞いてくれ、ここで人工交配を行うんだ」

「英夫さんから今、話を聞きました」

そんな悠長な時間をかけている余裕がないと諫めると、父の表情が急変した。

「黙りなさい。お前はこの葡萄園の何を知っているというのだ。十年という歳月がかかっても、最高のぶどう品種を作り上げることができれば、必ず盛り返すことができる。知ったような口を利くな」

こう言って、私の言葉に聞く耳を持とうとしない。今に始まったことではないけど、こうなると何を言ってもダメ。私は渋々その場から立ち去るしかなかった。

するとう、農舎の前で達子さんとばったり会った。

「とても怖い顔をしていたけど何かあったの？」

何を言ったらいいのかしら。私が黙って下を見ていると、

「人工交配をやめるように旦那様に言ったけど、逆に怒られたというところかしら」

私ははっとして顔をあげた。

「やはりそうね。実は、私も同じことを旦那様に言いました。けど、結果は同じ。こうなったら、私たちも腹をくくるしかないのよ」

そう言って、達子さんは私の手のひらに一枚の紙を置いた。それは、借金の証文だった。

「お継母様、これは？」

「今朝、金融機関に行って、借金の手続きをしてきたの」

「え？　でもこんな葡萄園にはもうどこもお金は貸してくれないはず」

「そうね。けど、誠意をもってお話しすれば分かってくれる人もいるのよ。このお金で、まだ葡萄園は続けられるわ。けど、そのことは旦那様には内緒よ。話をすれば余計なことをしてと、怒られるだけだから」

と、達子さんは微笑んだ。達子さんは妻として父を支えようとしている。私も家族の一員として、父と英夫さんを支えなくてはならない…そう自分に何度も何度も言い聞かせた。

父たちが人工交配に取り組んだその年の秋、決して忘れられない悲劇が起きた。最愛の子、忠一が結核にかかり、亡くなったのだ。

弟の慶一を失った時も大きな悲しみに打ちひしがれたが、最愛の我が子を失う悲しみは、とても比較にならない。私は母親として助けてあげることができなかった自分を責め、一晩中、英夫さんの胸で涙を流した。

気持ちを切り替えなくては。そう思いつつも現実を受け入れられない日々が続いた。気晴らしになればと、見晴らし台に登ってみた。眼下に広がるぶどう畑では、今年の収穫が終わり、冬支度を迎えていた。

「ここにいたのか、トシ」

「英夫さん」

「今年もまたぶどうの収穫が終わったね。一番できの良いぶどうを忠一に食べさせてあげたかったたな」

「忠一」の名前をふと口にし、一瞬はっとした表情を浮かべた英夫さん。私のことを気遣い、忠一の名を出さないように努めていたが、つい出てしまった。

「そうね。あのね、英夫さん。子どもの頃、私は岩の原葡萄園の歴史そのものだと言われたことがあるの。それは、父が初めてぶどうの木を植えた時に、私が生まれたからなの。私はぶどうと共に歳を重ね、一緒に成長をしてきたの」

「そうなんだね」

「忠一もぶどうと共にたくましく育って欲しかった。けど、それはもう叶わない。そのことを考えると、悲しくて苦しくて、何も手につかないの。早く忘れて次に進まないといけないのに」

「忘れる必要はないさ。忠一の心は、魂は、この葡萄園に生き続けている。人工交配を始めたその年に忠一は亡くなった。しかし、これから交配によって新しく誕生するぶどうには、忠一の魂が宿っている。きっと、忠一の分までたくましく成長し、最高の実を付けてくれるはず。だから、顔を上げて前を向こう」

そう言って、英夫さんは優しく私の肩を抱き寄せた。ありがとう。英夫さん。


人工交配を始めて二年後、妹のトヨに縁談の話が舞い込んできた。お相手は高田の名家の一つである倉石家。十三人兄弟の、第七子で四男にあたる武四郎さんだ。武四郎さんはこの時、大谷大学文学部に助教授として出講しており、後に中国文学者として東京大学名誉教授となる青年だ。

トヨの結婚式は、名家の結婚ということで、それは盛大な結婚式だった。おめでとう、トヨ。そして、ここで父は、ぶどう研究の強力な協力者との出会いを果たすことになる。

それは、坂口謹一郎先生だ。今はまだ東京帝国大学農学部の助手になりたての青年だが、発酵学の分野では一目置かれる優秀な研究者である。その坂口先生がトヨの結婚式に親戚の一人として参列していた。武四郎さんの妹のカウさんと坂口先生はこの前年に結婚していたからだ。父は坂口先生と縁戚関係を結べたことで、先生にぶどうやワインについて、色々と指導を受けるきっかけができたと大いに喜んだ。

坂口先生は、父と同じ上越市出身。明治30（1897）年生まれで、父とは約三十歳の年の差がある。

幼少期は上越で過ごし、その後故郷を離れ、東京の第一高等学校から東京帝国大学（現在の東京大学）農学部に進み、この後、昭和7（1932）年、農学博士となる。

坂口先生の研究は、目では観察することのできない菌類や酵母・カビなどの小さな生物、微生物である。これらが関わって発酵が促され、私たちの食生活に欠くことのできない味噌や醤油、日本酒などが出来上がる。

先生は、この工程を科学的に解明し、その研究成果から、調味料の大量生産など、今日の発酵工業発展の扉を開いたと言われている。

この頃、父は人工交配に加えて新著の執筆にも取り組んでいた。その際、当時ワイン製造の権威書とされたドイツ語の書籍の翻訳が必要となった。しかし、父のドイツ語は独学のため、なかなか翻訳が進まない。そこで、助けを求めた先が、坂口先生だった。

トヨの結婚の翌年、ぶどうの収穫が一段落を迎え、初雪が降ると、父は大きな荷物を抱え、平蔵をお供にして東京に出掛けた。「しばらく戻らん」と言ったその言葉通り、雪消えと共に父たちは帰ってきた。

一体どこで何をしていたの？　私は平蔵を問い詰めると驚きの回答が返ってきた。あの坂口先生のお宅にずっといたというのだ。平蔵の口から次のことが語られた――。

「ごめんください」

父と平蔵は、東京の坂口先生のお宅の門前に立っていた。すると、一人の女性が現れた。

「はい、どなたでしょうか？　あら？　貴方様は？」

「はい、私は新潟県高田市※で葡萄園を経営している、川上善兵衛です」

「まあ、トヨさんのお父様。兄が大変お世話になっております」

「いえいえ、こちらこそ。あなたは奥方のカウさんですね？　ご主人はご在宅ですか？」

「ええ、どうぞこちらへ」

※現在の上越市

客間へ通された父。坂口先生が慌てて入ってきた。

「川上さん、急にどうしたのですか？」

「突然申し訳ない。実は、ぶどう研究の集大成となる、新しい本を執筆しているんだが、ドイツ語で書かれた最新の研究書の翻訳が必要となってな。これが難解で、翻訳が進まず、困っているんだ。どうか力をお貸しいただけないだろうか」

そう父が話すと驚いた坂口先生は、「ちょ、ちょっとお待ちください。確かに私はドイツ語を読めますが、最近大学の研究が忙しくて、手一杯なんです。この研究が落ち着いてから、ということでいかがでしょうか」と、やんわり断ってきた。

すると、父は目の色を変えて、正座したまま、坂口先生の前に乗り出した。

「坂口君、私は今回の著書にこれまでのぶどう研究の全てを注ぎ込んでいる。忙しいことは十分に承知している。しかし、今から執筆を進めないと間に合わないのだ。是非とも、お力をお貸しいただきたい」

と、熱く語り深々と頭を下げた。

「ちょっと頭を上げてください、川上さん。三十歳も年下の僕に頭を下げるなんて」

「年の差なんて関係ない。私は、教えを乞う立場だから、これは至極当然のことだよ」

相手がどんなに年下であろうとも頭を下げて、教えを乞う。そんな熱意を持って接する父の姿に、坂口先生は押し切られてしまった。

「分かりました、川上さん。お手伝いしましょう」

以上が、平蔵が語った内容だ。翻訳作業のため、父は半ば住み込みのような形でとどまっていたというのだ。いくら親戚になったとはいえ、あまりにも迷惑なことだ。私はすぐに父にやめるよう進言したが、やはり例によって今回もダメだった。それよりも、ぶどう収穫が終わり冬になると、父は東京の坂口先生宅へ平蔵を連れて通い、春になると戻ってくることを繰り返した。

二人の作業内容はこうだ。坂口先生が片っ端から翻訳をしながら読み上げ、父が隣でメモを取り続ける。そんな作業が実に五年にも及び、とうとう翻訳を完了させた。そして、これまでのぶどう研究の集大成である『実験　葡萄全書』全三巻を書き上げ、世に発表した。これは、栽培から醸造までの高度な知識が実践に沿って詳細に盛り込まれており、当時ぶどう栽培や醸造を行う者たちのバイブルとなった。

坂口先生との五年間という歳月は難解なドイツ語の文章に苦戦ばかりの日々だった。しかし、父は決して弱音を吐かなかった。毎日、このページまでと目標を立て、作業に取り組み、それが達成されるまで休もうとはしなかった。

坂口先生が「もう遅いから今日は休んで、明日頑張りましょう」と言って眠りについても、「分かった。しかし、ここまで終わったら私も横になることにするよ」そう言って一人黙々と作業を続けることもあった。

こうして二人三脚で歩んだことで、父と坂口先生の間には固い信頼関係が築かれた。その後も、困ったことがあれば父は何かと坂口先生に相談を持ち掛けるようになった。

さて、父が始めた人工交配。それは気が遠くなるような、細かく根気のいる作業の連続だった。英夫さんから作業の流れは聞いていたが、聞くのと実際にやるのとでは雲泥の差だった。

母本となる品種のめしべに父本となる品種のおしべの花粉を受粉させる交配作業一つとっても、ぶどうの花のつぼみは数ミリ程度と非常に小さい。めしべを傷つけてしまわないようピンセットを用いて細心の注意を払って、一つ一つ手作業で行うため、かなりの時間と労力を必要とした。しかも、ぶどうの実は一年に一回しか収穫できないから失敗をすると、来年またやり直しとなる。

なんて細かい作業。私ならすぐにでも弱音を吐いて挫折してしまうこの作業を、父は丁寧に何度も何度も繰り返し行った。そして、この一連の作業について、ぶどうの父母種名、原種名、交配月日、果実の色、粒の形状や大きさなど、克明に記録を残していった。

こうして新しいぶどうの苗木が育つと、父は一号、二号と一つずつ番号を付けていった。しかし、そう簡単に思い通りの品種を作り出せるものではない。交配させて、生まれてきた子どもの樹が両親の優れた特性を受け継ぎ、味や香りが良く、病気にも強い樹となることはまれ。欠点ばかりを引き継いで生まれてくる樹がほとんどであった。

「お義父さん、この樹は枯れてしまいました」

「大旦那、このぶどうは病気になって、全滅です」

「ここのぶどうの樹は、たくさん実ったなあ。味はどうだろうか。うーん、ダメだ。全然甘さがなく、酸っぱいだけだ」

気が遠くなるような作業を何度も何度も続けながら、思うような成果を得られない。一方、葡萄園の経営はどんどん悪化の一途をたどり、「倒産」という言葉が私たちの目の前にチラつき始めた。

「やはり、ダメなのか、理想のぶどうを作り出すのは、途方もない夢物語なのか」

あの頑固者で強気な父がそうつぶやくほど、私たちには失望が広がっていた。

「今日も父の書斎の明かりはついたままね」

ある夜、寝室で今日一日の出納の記録をつけていた私は、そろばんをはじく手を止めて、英夫さんに話しかけた。

「それもそうだろう。ぶどうの交配で良い結果が出ていないからな」

「ねえ、十分頑張ったわ。もう人工交配なんてやめたら？」

「そ、それは…、それはできない！」

絞り出すように英夫さんは言葉を発した。

「どうして？」

「この人工交配に時間も労力も金もたくさんかけてきたんだ。いまさら、うまくいかないからやめますなんて、簡単に言えるはずがない」

「そんな意地になっていたら、この家は潰れてしまうわ。この子たちにどれだけ貧しい思いをさせていることか」

と、私は子どもたちの寝顔に視線を移した。

「君や子どもたちには大変申し訳ないと思っている。けど、俺も、そして、お義父さんも見たいんだ」

英夫さんの言葉に力がこもる。

「この葡萄園から新たに生まれるぶどうの姿を見たい。日本の気候風土にも適し、病気にも耐え、それでいて、香りも味わいも素晴らしいワインを造り出すぶどうの姿を」

「はあ、分かりました。まだまだ貧乏生活は続きそうね。なんとかやりくりするわ。英夫さんの力になりたいもの」

「ありがとう、トシ」

私の手の上に英夫さんは静かに手を乗せた。

「必ず理想のぶどうを作り出し、この生活を変えてみせるよ」


一方、書斎にいる父は、「どうしたら、交配は成功するのだろうか」。机に向かったまま自問を続けていた。

人工交配を始めてもう五年が経とうとしているが、目新しい成果が得られず焦りが生じていた。

「どうしたものか」

ふと、視線を上にあげると、亡き勝海舟先生が残された書が目に飛び込んできた。

筆は風雨の劇を得て
詩は金石の声を作す

「そうだ。こんなことで諦めてはいけない。理想の品種を作り出すんだ。この苦難の先にこそきっと、理想のぶどうがあるんだ」

父は海舟様の書を眺めて、そう心の中でつぶやき、気持ちを入れ替えた。

人工交配を始めてから六年後の昭和3（1928）年、後に川上品種と呼ばれる優良品種の一つ、ベーリー・アリカントAが初結実を迎えた。

「よし、やった。やったぞ。我々のやり方は間違っていなかったぞ」

父は英夫さんの肩を強く叩いた。

新種番号は55号。実は黒色にして、円筒形の形状を成し、果肉は柔らかく濃赤色の果汁で、濃厚なコクと香りを醸し出すワインの原料となるぶどうが誕生した。しかし、これだけで満足する父ではない。さらなる理想を追い求め、人工交配は続く。

そして、ついに父の代名詞とも言える、あのぶどうが結実を迎える。そのぶどうの名は、「マスカット・ベーリーA」。現代において、日本ワインの赤ワイン用の原料として一番の収穫量を誇り、日本を代表するぶどうだ。

そう、このぶどうが生まれた日の光景は、今でも鮮明に覚えている。あれは、ぶどうの収穫期を迎えた、ある晴れた日の朝だった。

その日、私は見晴らし台に立ち、広大な頸城平野を眺めていた。

「また、ここにいたのかい」

英夫さんが話しかけてきた。

「私のお気に入りの場所ですから」

「その気持ち、分かるよ。こんな景色を見られる所はそうはないからね」

すると、平蔵が息を切らせながら走り寄ってきた。

「はあはあ、若旦那とトシ、すぐに大旦那の所に来てくれ。た、大変だ」

一体何事かと思い、私たち夫婦は小走りに父が待つ第八園に向かった。父の身に何かあったのだろうか。

すると、第八園のぶどう棚の真ん中で、父がピクリと動かず立ち止まっている。

「お父様、一体どうしたの？」

「このぶどうを見てくれ。これこそ私が追い求めていた理想のぶどうだ」

と話す父の視線の先には、一つの枝に濃黒色にして、巨大かつ壮麗なぶどうの房が垂れ下がっていた。私が恐る恐る、その房から一粒取って口にすると、とても甘く、他のぶどうよりも一段上の糖度であることがすぐに分かった。

「甘い、そして美味しい。これまでこんなぶどうはなかったわ」

「やりましたね、お義父さん。ついに、ついに理想のぶどうが生まれたんですね」

「ああ、そうだ。やった、やったぞ、英夫」

と、言って、二人はがっちりと手を組み合わせた。その光景を見て、私の目から一滴の涙が流れ落ちた。

「おめでとう。本当におめでとう」

「ありがとう、トシ。そして、英夫。今まで本当にありがとう。君たちのおかげで、こんなに素晴らしいぶどうができたよ」

「さっそく、このぶどうを増やしましょう」

「そうだな」

父はうれしそうに笑った。

「そうしたら、このぶどうに名前が必要ね」

と、私が言うと、

「新種番号が３９８６号だから、サンキューパーロクでいいかな?」

「なんか味気ないわね」

「これは、ベーリーにマスカット・ハンブルグを交配した新種だから、マスカット・ベーリーというのはどうでしょう?」

「そうだな、英夫、なかなかいい名前だ。この親同士の交配は他にも何種類か、試していて、兄弟姉妹の種がいくつかあるから、これはAだな。『マスカット・ベーリーA』だ」

その後、きちんと糖分を調べると二〇パーセントを超えており、樹勢も健康で、栽培も容易であり、どんな種類の土壌でもしっかり育つという優れた特性を有した、まるで夢のようなぶどうであると分かった。

さらに、坂口先生の勤める東京大学の研究室にもぶどうを送り、科学的な検査をしてもらうと、酒質はA級で、香味共に良く、色沢濃厚であるとお墨付きをいただいた。

理想のぶどう誕生に成功した父と英夫さんは、早速マスカット・ベーリーAを原料とするワインの生産に取り掛かろうとした。しかし、ここに至るまであまりにも多くの時間と経費をかけ過ぎていた。

膨れ上がった借金の返済のために農民に支払う賃金にも事欠く状態となってしまい、農場に十分な手入れを施すことができなくなっていたのだ。

そのため、父は地元の小作人にぶどう畑を一反、二反と貸し出し、自由に耕作をさせることにした。すると、小作人たちはぶどう栽培を続けたが、収穫するとワインに加工する前に生果のまま市場へ持って行って売り始めてしまった。

困った父は、次に委託醸造という仕組みを考えた。ぶどうを持ってくれば、それを仕込んでやり、ワインとして販売する。その販売による利益を葡萄園と小作人とで折半をする。ぶどう一貫に対して醸造できるワインの量を決め、それに対して、一定額を支払うというものだった。

このことで葡萄園では入り用な時に必要な分だけ小作人からぶどうを購入し、ワイン製造を続けることができた。しかし、小作人が持ち込むぶどうは、市場で売れ残ったぶどうばかりであった。

そうしたワイン造りは父の理想から程遠いものだった。しかし、なんとしても葡萄園を守り、存続させたいという父が悩んだ末の苦肉の策がこれだった。葡萄園はもはや自分の手でぶどうを作ってそれをワインに仕上げる力を失ってしまったのだ。

そのため、私たちも必死で金策に走った。

「お願いします。どうか、どうか、お金を貸してください」

「すみません。お貸しできるものはありません。お引き取りください」

「その前に以前貸した金を返してくれ。それが返せないのに、さらに貸せるわけないだろ」

私たちは当面の支払いを乗り切るため、さまざまな金融機関を回ったが、どこも私たちの言葉に耳を傾けてくれず、門前払いばかりだった。

困り果てた父は、坂口先生の所にも相談に行った。

「坂口君、実は、…」

「はい、どうされましたか？　川上さん」

「その、実は…、坂口君、どうにかお金を工面できないだろうか」

「か、川上さん。…そうですね。何分専門外のことでありまして、どこまでお役に立てるか分かりませんが、心当たりのある所を紹介します」

と言って、いくつかの金融機関を紹介してもらった。しかし、そこでも結果は同じだった。

「うーん困った」

「どうした？　坂口」

「あ、高橋先生」

東京大学の研究室で父から届いた手紙を読んで、一人悩んでいた坂口先生に、師である高橋偵造《ていぞう》教授が声をかけた。

「新潟県の岩の原葡萄園の川上善兵衛さんなんですが、かなり経済的に困っておりまして、私がいくつか金融機関を紹介したのですが、全て断られてしまったそうなんです」

「そんなに苦しいのか」

「ええ、そうです。この手紙には金策がうまくいかないと愚痴が書かれています。私が知る川上さんはとても勝ち気で、決して泣き言など言わない方なのですが、その方がここまでの状態になるとは、本当に危機的状況だと思います」

「岩の原葡萄園といえば、全国でも名前が知られた有名な葡萄園ではないか。そこも不況という時代の流れに飲み込まれてしまうのか。そういえば、山梨でも数年前に大きな農園が廃園となったそうではないか。岩の原葡萄園が倒産してしまうと日本のぶどう業にも大きなマイナスになるな」

「そうですね。何とかしてあげたいのですが、一研究者としてできることは限られておりますし、資金援助してくれる人が見つかればいいのですが」

抜本的な解決策が見いだせないまま、倒産のXデーが迫っていた。

第４章　ぶどうと共に…

「ぶどう栽培を始める人を俺も色々見てきたが、とても大変だ。下手をすれば、これまでの財産を全て失うことになりかねない。くれぐれも気を付けるように」

ふと、父は海舟様が残した言葉を思い出していた。岩の原葡萄園の存続は風前の灯火。今まさに海舟様の言葉通り、明日にでも葡萄園をたたむことを考えなければいけない。そんなことが脳裏をよぎった時だった。

「農作業中、大変失礼します。こちらに川上善兵衛はんがいらっしゃるとお聞きしましたが、ご案内していただけますか?」

突如、一人の男性が現れ、農園全体に響き渡る声で、農作業中の父に声をかけてきた。

「はい、私が川上ですが、あなたは?」

「これは、これは、あなたが川上はんでしたか。失礼いたしました。わては、大阪の寿屋《ことぶきや》という会社で商いをしております、鳥井信治郎《とりいしんじろう》と申します」

そこには活力と自信に満ち溢れた表情で、しっかりと父に眼差しを向ける男性が立っていた。歳は父よりも一回りくらい下の五十歳ほどに見受けられた。

「あなたがあの有名な川上善兵衛はんですか。葡萄王または、日本で一番のぶどう栽培の名人と伺っております」

「いや、そんなことは。一体誰がそんなことを言っているのですか?」

「これまでに出版された数々の著書を拝読すれば、すぐに分かりますよ。あれほど、ぶどうの研究を深く進められている方は、他にはおらへん」

少し照れくさそうにする父。すると、鳥井さんは続けて、こう言い放った。

「それにしても、川上はん、背、ちっちゃいなー」

私はドキッとした。この人は初対面で一体何てことを言うのだろう。父の反応が怖くて、顔を見ることができなかった。

「けど、いい目をしてはる。その小さい体から溢れんばかりの気概と熱意をびしびしと感じる、いいものづくりの目や。ぶどう栽培に関して一切の妥協を許さない。そんないい目をしておられる。さすがや」

この人は褒めているのやら、けなしているのやら一体どっちなの?

コホンと一つ、咳払いをして英夫さんが鳥井さんに話しかけた。

「鳥井信治郎さんとおっしゃいましたね?　今日は一体どんなご用で?」

「あんたはんは、どちら様で?」

「私は英夫と申します」

「おお、あんたはんが川上はんの優秀な後継者と言われている英夫はんか。ちょうどいい。何の用で来たかって？　単刀直入に申します。川上はん、わてのためにぶどうを作ってくれまへんか」

「ええ？」

父、英夫さん、そして私の三人は思わず同時に声を上げてしまった。

「鳥井さん、あなたは今なんとおっしゃいました？」

「わてのためにぶどうを作ってほしいと申しました。わてが造っている赤玉ポートワイン、その原料としてあんたはんのぶどうを使いたい。是非、お願いします！」

そう言って鳥井さんは深々と頭を下げた。

「こんな所で立ち話もなんですから、我が家にどうぞ」

と、父は鳥井さんを本宅へと招き入れた。そして、英夫さんと私もその話に同席することになった。


「ぶどうを作ってほしいとはどういった了見ですか？」

開口一番、父が尋ねた。

「先ほども申し上げたように、大阪の寿屋という会社で商いをしておりまして、赤玉ポートワインというワインを販売しております。幸い、多くの人に好まれて、売り上げを伸ばしている商品だす」

「赤玉ポートワインの噂はよく聞きますよ。あの蜂印香竄葡萄酒にとって代わって、今一番売れているワインですよね」

「いやーよくご存じで。わての自慢の一品だす。ま、売れて当然ですわ。そこらへんのワインと品質が全く違います」

謙遜をするどころか、自らの自慢話を進める鳥井さんに私は驚きを隠せない。とても自信に満ちた話し方とその態度に、英夫さんは少し苛立ちを募らせているようだ。

「おっしゃる通りなかなかの品質ですね。私も飲んだことがあります」

と、父が答えた。

「確か、原料は海外からですよね？」

「そうや。そこなんや。赤玉の原酒はスペインをはじめとした諸外国から買い付けています。そのため、売り上げの伸びと同時に、その輸入量も年々増加しておりましてな。しかし、最近の国際情勢が不安定になってきたことによって、外国品の輸入が統制され、原酒の輸入もやがてできなくなりそうなんですわ」

「なるほど、原酒を輸入できなくなるから、岩の原葡萄園でぶどうを作って納めてほしいということですね。金儲けができなくなると」

と、英夫さんが少し嫌味を込めて話しかけた。

「そうや。しかし、金儲けをして何が悪いんやろか？」

はっきりと答える鳥井さんに英夫さんは目を丸くした。

「わては会社を経営しているのです。そこには従業員がおります。そして、従業員一人一人には大切な家族がおります。その家族を、社員を養っていかなければならん。そのためには、良い商品を作って売り上げを伸ばし、その利益から給料を支払わなければならん。経営者として彼らが路頭に迷うようなことがあってはいかんのや」

私たちにとって、とても耳が痛い言葉だった。今の岩の原葡萄園は経営難によって、関係者全員が路頭に迷う寸前だからだ。

「それだけではありまへん。この赤玉の原料購入で、毎年一五〇万円相当額を海外に払ってますが、お国のために良くありまへん。品質の高い国産ワインを造り上げることができれば、多額の金を海外に払わなくて済みます。わては日本経済のためにも、純粋な日本ワインを造りたいんや！」

父は「日本ワイン」という言葉に反応した。その考え方は、以前から父も目指していたものと一致するからだ。

「その通りですよ、鳥井さん。私もワインの原酒を海外に頼っているようでは、日本のワインに未来はないと思っていた。この日本で良質のぶどうを作って、純国産のワインを造り上げなければならないんだ」

「分かっていただけましたか。わはははは」

お互いの目指す理想が同じだったことから、二人は一気に意気投合した。

「鳥井さん、あなたに是非見ていただきたいものがあります。ぶどう畑に来てください」

と、父は言って、鳥井さんを葡萄園に案内した。行き先はメンデル区だ。

「これは見たことがないぶどうの種類ですなあ。どこの国のぶどうです？」

「日本ですよ」

「え、これが？　こんなぶどうありました？」

「私が交配によって作り出したぶどうです。マスカット・ベーリーAという名前です」

「交配？　作り出した？」

「ええ、人工交配によって、欧州種と米国種のそれぞれの良いところを併せ持った、まさに〝二長ゼロ短〟のぶどうなのです。つまり、日本の気候風土に適した日本生まれのぶどうです」

「そ、そんなことができるんですか。す、すごいことや、川上はん。このぶどうを使って、赤玉ポートワインを造れば、最高の日本ワインができますよって」

「そうですね。最高の日本ワイン。早く私も目にしたい」

「では、早速わてのためにぶどうを作っていただけますね？」

その言葉を聞いた時、私はすぐに顔を下にそむけてしまった。鳥井さんの言うように素晴らしいワインを造りたい。けど、この葡萄園にはもうぶどうを作るだけの余裕がない。鳥井さんの思いには応えられない。

「分かりました。早速明日からあなたのためにぶどうを作りましょう」

父のその言葉に、私は耳を疑った。

岩の原葡萄園は明日倒産してもおかしくない。それなのに、他人のためにぶどうを作る約束なんてできるはずがない。

「あ、あの」

私が二人の話の間に割って入ろうとしたその時、父は「口を出すな」と言わんばかりに鋭い眼光を私に向けてきた。私はその気迫に押されて口をつぐんでしまった。

「私に任せてください」

父は鳥井さんのもとに歩み寄り、二人はがっちりと握手を交わした。

「それにしても立派なぶどうやな。少しここで眺めていてもよろしいやろか」

「ええ、どうぞ」

父は鳥井さんに背を向け、歩き出した。

「じゃあ、私たちも行こうか？　どうした？　トシ？」

英夫さんが話しかけてきた。

「私は…、私は、鳥井さんが道に迷われないようにここに残ります」

「では、よろしく頼むよ」

英夫さんもその場を離れた。すると、鳥井さんが話しかけてきた。

「で、どのようなお話でしょか？」

「え？」

「わてに話があって、ここに一人残られたんでしょ？」

「そうです。実は…」

と、私は話を切り出そうとした時、

「いやー、鳥井さん、一つ聞き忘れていたことがありましたよ」

父が戻ってきてしまった。私は、とっさに父に背を向けた。

「何でっしゃろ？　聞き忘れたこととは？」

「いや、赤玉ポートワインの原料となる原酒を求めるのなら、ぶどうの産地として有名な山梨にたくさんの葡萄園があると思いますが、なぜぶどう産地としては無名の、新潟のこの葡萄園を選んだのですか？」

「川上はんの名声は全国津々浦々まで届いておりますよって。ワイン造りはぶどう栽培から。良いぶどうがなければ日本一のワインはできん。そんで、日本一のぶどう作りである川上はんの所に来たんや。まあ、これは坂口謹一郎先生からの受け売りやけど」

鳥井さんが岩の原葡萄園を選んだ理由。それには坂口先生が関係していた。


鳥井さんいわく、話は今より数日ほど前にさかのぼるそうだ。

「坂口先生はおられますかな？」

鳥井さんは、東京大学の坂口先生の研究室を訪れていた。

「私ですが、どなたでしょうか？」

「わては、寿屋の鳥井信治郎と申します。赤玉ポートワインという今巻で有名なワインの製造・販売をしている会社の代表です」

「おお、あの有名なワインの？　よく知っていますよ」

「おおきに。その赤玉の件で、本日参りましたんや。実は、この赤玉の原料として毎年多額の原酒を輸入しています。しかし、これはお国のために良くない。純国産のワインを自分の手で造りたいので、どうかご指導をお願いしたいのです」

しかし、坂口先生は、「大変申し訳ありませんが、現在研究活動が忙しい状況でして、他の方を当たっていただけますか?」と、断った。

「先生、そうおっしゃらずにお願いしますよって」

「そう言われましても」

「是非、なんとか」

決して引き下がろうとしない鳥井さんに対して、少し嫌な顔をしながら坂口先生は、

「それなら、東大総長のお許しがあればお手伝いします」

そう答えると、

「そうでっか。おおきに。では、早速、総長はんに聞いてみますよって」

鳥井さんはその場を後にした。

「坂口先生、そんな約束していいんですか?」

近くで話を聞いていた同僚が声をかけた。すると、

「大丈夫です。総長のお許しどころか、この件を掛け合うことすらできないはずですよ」

と、笑って答えた。

しかし、それからほどなく、鳥井さんが再び研究室に現れた。

「坂口先生、総長の小野塚はんから了解をもろたさかい、お力添えをお願いします」

「ほ、本当ですか?」

坂口先生が疑うと、先生の上司である高橋教授が研究室に現れた。

「坂口君、総長から鳥井さんの協力をするよう指示があった。よろしく頼む」

「あ、はい」

驚いた表情を浮かべる坂口先生。ふと視線を向けると、そこに満面の笑みを浮かべた鳥井さんがいた。

「さあ、先生約束です。ご指導、よろしくお願いしますよ」

「あなたの熱意には負けましたよ。分かりました」

こうして、坂口先生はとうとう鳥井さんに協力することになった。

「しかし、どこから始めたらいいですかね。私は発酵や醸造の研究をしていますが、ワイン造りをしているわけではないので、適切な助言ができるかどうか…」

しばらく考え込む坂口先生。

「そうだ、良いワイン造りは良いぶどう作りからと言います。では、良いぶどうで今の日本で頼るべきお方は、新潟県高田市の川上善兵衛翁、この人の他におりません」

「川上翁とは、岩の原葡萄園の川上はんのことやろか?」

「ええ、そうです。ご存じですか？」

「ええ、お噂はかねがね。わての部下で、竹鶴政孝《たけつるまさたか》というウイスキー造りをする優秀な技術者がおるんですが、彼がよく川上はんをお酒造りの先輩として心から尊敬していると言ってましたわ。ですが、面識はありまへん」

「分かりました。私からご依頼の手紙を書いておきますので、しばらくしたら、岩の原葡萄園を訪問なされたらいかがでしょう」

「どうもおおきに」


こんな経緯で、鳥井さんは岩の原葡萄園を訪れた。

「しかし、坂口君からの手紙なんて。届いてないけどね」

父がボソッと口にした、その時だった。

「大旦那さまー。お手紙が届きましたよ」

平蔵が手紙を一通持って現れた。見ると、坂口先生からのお手紙が今届いたのだった。

父は鳥井さんのためにぶどう作りを進めることを約束した。私たちに相談もなしに一方的に決めるからほんと大変。

急ぎ、私は高田の街中に来ていた。金融機関に借金返済の延長をお願いするためだ。あの後、私は父に固く口止めをされた。借金のことを鳥井さんに絶対に話すなと。父は高い志を持って自分の所に来てくれた鳥井さんに、金銭を理由に断ることはしたくなかったのだ。何が何でも鳥井さんの気持ちに応えてみせると。

しかし、次から次へと借金の返済期限が迫ってきている中で、果たしてそのようなことができるのか。でも、やると言ったら誰が止めようとしても聞き入れない父。そんな性格だから、私は何とかしようと金融機関に足を運んだ。

「これは、これは、川上様」

金融機関の頭取が出てきた。

「すみません。返済の期限なんですが……」

「いやー、返済の当てができたようですね。あんな大企業をバックに付けられたとは大したことですなー。数日中に返済していただけるとのこと。ありがとうございます」

「え?」

頭取の言葉の意味が全く理解できない。

「ど、どういうことですか?」

「あれ、ご存じないのですか? さきほど、寿屋の社長さんがお見えになって、借金を全て自分が代理返済しますって、証文を書いて行かれましたよ。さすが、大企業の社長さん、太っ腹ですねー」

「そ、その方はどちらに行かれました？」

「確か、今日は高田の高陽館に泊まると言っていたかな？」

その言葉を聞いて、私はすぐに高陽館に向かった。

すると、ちょうど高陽館に入ろうとする鳥井さんに出くわした。

「はあはあ、と、鳥井さん！」

「おっと、あんたはんは川上はんの娘さんの…、確か、トシはん。どうされました？」

「ど、どうされましたか？　ではないですよ。先ほど金融機関で聞いてびっくりしました。借金を代理で弁済するなんて。本当ですか？」

「その通りだす。最高の赤玉ポートワインを造るためなら、わては何でもします。たとえその障害が多額の借金であろうとも、私の考えは変わりまへん」

「と、鳥井さん」

「おっと、この話はあんたはんのお父はんには内緒やで。見たところ、川上はんはかなりプライドが高いとお見受けします。わてが借金を返済しますと言っても素直に『うん』とは言わんでしょ。わてがこっそりと支援しますさかい、皆さんは、最高のぶどうを作ることだけに集中してください」

「ほ、本気ですか？　鳥井さん？」

「本気だす、川上はん。金目のことなど、ややこしいことはわてらがやりまっせ」

「今日初めてお会いしただけなのに、なんで、そんなことが決断できるんですか？」

「そうやなー。あの目だす。一切の妥協を許さないものづくりの目だす。あんたはんが苦しい生活をしてはることは、衣服や住居の様子からすぐに分かりました。それでありながら目は死んでおらへん。最高のぶどうを作り出すことを追い続けています。わてはそんな川上はんに心底感服したんや。その眼差しにわては賭けてみたいと思ったんや」

「と、鳥井さん。ありがとうございます。ありがとうございます」

私は、涙を流しながら鳥井さんの両手を強く握りしめた。


鳥井さんと別れて家に戻った私は、すぐに英夫さんに借金の件を報告した。英夫さんもにわかに信じられない様子だったが、鳥井さんのご厚意に甘えることにした。そして、口止めされた通り、このことは父には内緒にした。

それから数週間後、鳥井さんが再び来園された。

「皆さん、お元気ですか？　ぶどうの生育は順調やろか？」

「と、鳥井さん、あんたという人は。本当に、本当にありがとう！」

父は、いきなり鳥井さんの手を取り、感謝を述べた。

「な、何やろか？」

「私が何も知らないとお思いか？　借金の件、私に悟られないように色々な所で返済をされていらっしゃるようだね。何と申し上げたらよろしいのか。本当に感謝の言葉もない」

「そうですか。ばれてしまいましたか。はははは」

鳥井さんは高らかに笑った。

「では、ばれてしまったことですし、今日は葡萄園の今後について大事なお話をしましょか」

鳥井さんは軽く咳払いをし、

「えー、川上はん、新しく共同出資という形で会社を設立し、葡萄園を経営していきまへんか？　その際、これまでの債務は全てわてが弁済いたしますよって。このことで葡萄園は復活を果たすことができますんや。その代わり、ここで収穫したぶどうは赤玉ポートワインの原料として買い上げさせてもらいます。そして、川上はん、日本の気候風土に適したぶどう品種を見つけ出すため、今、全力を注いでいる品種改良の研究は、経費など気にせず心おきなく取り組んでください」

父はほっとした。ようやく借金地獄から解放されることになるからだ。以前の農場では、鳥のさえずりや虫の鳴き声よりも、借金の取り立て屋の怒号がいきわたることが多々あった。そうした輩も葡萄園に来なくなる。

さらにもう一つ、利点があった。それは、葡萄園の経営だ。常に注意を払っていた経営も、鳥井さんに全て任せておけば万事問題がなくなる。父のやるべきこと、責任が大幅に軽減された。大きな負担が消えたことで、父が安心して研究に没頭できる状況が生まれた。


「川上はん、借金返済が間もなく完了しますよ」

ある日、葡萄園に現れた鳥井さんが父に伝えた。

「本当に申し訳ない。こんなに鳥井さんに頼ってしまっていいのだろうか」

「気にせんといてください。これはわてがしたいからそうしてるんや。それよりもマスカット・ベーリーAというぶどうから造ったワインは、ほんまおいしいなあ。このぶどうを使った赤玉ポートワインはますます味がよおなって、お客はんから褒められてばかりや」

と、鳥井さんは父が作るぶどうの品質の高さに感心していた。

「それで、前にお話しした共同出資の件ですが、こんな形でいかがでしょか?」

鳥井さんは一枚の紙を父に手渡した。

そこには新しい会社組織、「株式会社寿《ことぶき》葡萄園」という会社の名前や役員・定款などの内容が書かれていた。

「すんまへんが、一旦『岩の原葡萄園』という名前は変更していただきます。そして、わてが社長ということになりますが、取締役には川上はん、あんたはんに就任してもらいますよ」

「この葡萄園を残してもらえるのなら、名前なんてどうでもいい。まして、私の役職も」

と、父は申し訳なさそうに答えた。

「そうはいきまへん。この葡萄園の実質的な経営はあんたはん親子にやっていただきますさかい、役職についてないと困りますんや。そいで、今までここで働いていた従業員もできる限り雇用を維持します。しかし、ある程度の人員整理は必要や。それはご理解いただきたい」

「分かった。しかし、この葡萄園を去る者には…」

そう父が口を開くと、それを遮るかのように鳥井さんが話し出し、

「分かっておりますよ。できるだけ次の働き先を手配いたしましょ」

「本当にありがとう」

父は深々と頭を下げた。

昭和９（１９３４）年６月21日、岩の原葡萄園は、父の個人経営から会社組織へと生まれ変わった。

会社組織となり、葡萄園の合理化が次々と行われた。中でも農民救済を掲げて雇用してきた従業員数に、大きなメスが入った。

従業員一人当たりの作業量について、父の机上の計画と実際の作業量には大きな乖離《かいり》が生じており、余分な人員を抱え込んでいた。統計を取り、正確な計算を行うとその余剰分が大きく際立ち、最盛時の約半数の人員に減らす必要があることが、資料や数値によって次々と示された。すると、父は腹をくくり、人員整理に着手し始めたのだった。

人情優先で進めていた父の経営は、合理化によって立て直しが図られ、徐々に経営は好転していった。

そんな穏やかな風が吹き始めた、ある日の午後。

「あら平蔵、何を読んでいるの？」

普段、本を読まない平蔵が農舎の片隅でぶ厚い本を読んでいた。

「いや、何でもない」

平蔵が本を隠そうとしたので、私は取り上げた。

「あら？　この本は…」

平蔵が読んでいた本は、父が出版した本だった。

『実験　葡萄全書』。全三巻で構成されたこの著書は、ぶどう栽培からワイン醸造まで高度な知識が詳細に盛り込まれており、発売早々に評判となって、ぶどう栽培とワイン醸造に携わる人々のバイブルとも称されるようになったものだ。

「大旦那の集大成ということだから、思い切って買ったんだよ」

子どもの頃から誠心誠意、葡萄園のために尽くしてきてくれた平蔵が、少ない給料から捻出したお金で本を購入したことを知り、私はとてもうれしい気持ちでいっぱいになった。

「ありがとう、平蔵」

「よせよ、照れるだろ。それに、この本は多くの人々の協力があって出来上がっている。例えば、若旦那の先生の星野先生、そして、東京大学の坂口先生。その他にも高田測候所の所長さんや大井上理農学研究所の所長さんなど、諸先生方が数多くの資料やデータを提供されて、編集作業にも協力された。そして、若旦那の陰ながらの支えもあって書き上げたという代物だ。家宝にしてもいいくらいだ」

と、平蔵はにこやかに笑った。


「会社の名称を『株式会社岩の原葡萄園』に変えます」

昭和11（1936）年3月2日、鳥井さんは会社名称を変更した。

「元々『寿葡萄園』という会社名は、債務整理のために変更したものや。『株式会社岩の原葡萄園』に生まれ変わって、ぶどう作り、ワイン造りに励んでください。経営は、お二人にお任せします。わては出資者という立場で支援しますよって」

「鳥井さん、あなたという人は。本当にありがとう」

こうして、葡萄園は再出発を果たした。

「運良く倒産を回避できましたな。川上さんは強運の持ち主だ」

そう言って突然現れたのは、あの杉岡記者だ。また来たのね。

「運も実力のうちという言葉もありますけどね」

と、切り返す英夫さん。

「実力というにはお粗末すぎる。川上さんと鳥井さん、全くタイプが違いますよ。鳥井さんは経営者としての勇気と決断力を兼ね備えている。赤玉ポートワインの大ヒットで稼いだ資金力をウイスキーに注ぎ込み、売れ行きが伸びず、資金不足に追い込まれた際は、歯磨き事業などを思い切って手放し、資金を確保した」

杉岡記者の言う通りだ。鳥井さんと父の大きな違いは、理想と現実の見極めだ。

父はひたすら理想を追い求め、現実を直視せず、採算度外視で農民たちの生活向上を優先したため、最終的に破局を迎える寸前まできた。

一方、鳥井さんは理想を実現するために何が必要か、何を後に回すべきか、優先順位を見極め、時代の波をきちんととらえてきた。

「これは一本取られたな」

と言って父が現れた。

「私は鳥井さんの男気に深く感銘を受けたよ。私よりも十一歳も年下だが、年齢の差を感じさせない、懐の深さがある」

「そうですか。また取材しに来ます」

不敵な笑みを浮かべて杉岡記者は去っていった。

「あんなこと言われたままでいいの？　お父様」

「今は皆、幸せな時間を過ごせるようになった。それだけで十分だ」

こんな穏やかな表情の父は久しぶりだった。ほんと倒産間近だった頃がうそのよう。今は、皆幸せを噛みしめていた。

「今年もまたマスカット・ベーリーAがたくさん収穫できましたなあ」

と、鳥井さんは、無邪気な子どものように喜びの声を上げた。

「そうだな。この品種は、岩の原葡萄園の気候風土に一番適しているよ」

父もまるで自分の子どもが大きく成長したかのように慈しみながら、たわわに実ったぶどうを手に取って応えた。

そこに英夫さんが加わる。

「それにしても、赤玉ポートワインはすごい売れ行きですね」

「ええ、おかげさまで。しかし、需要に供給が追い付いていないのが、大きな悩みですわ。岩の原のぶどうだけでは、足りまへん。他に勝沼や広島、塩尻などのぶどうを投入してますが、追い付きまへんのや。もっと広大な土地がないやろか」

鳥井さんの表情が一瞬にして厳しい表情に変わった。

「この葡萄園では、これ以上収穫量を増やすことは無理だな。森を切り開いて、農園を拡張してきたが、これが限界だ」

「そうでっか。ほな、他に場所を求めるしかあらしまへんな」

「鳥井さんの財力があれば場所は簡単に見つかるかもしれないが、一から栽培に取り掛かるとなると、その準備だけで軽く数年かかってしまう。すぐにでも栽培できる、好条件の土地が見つかればいいが」

「うーん…」

当然、そんな好都合な話があるわけがない。三人は、途方に暮れてしまった。

「そや、困った時の坂口先生や。川上はん、どうやろか、坂口先生ならもしかしていい話を知っているかもしれへん」

「そうだな。鳥井さんの言う通りだ」

「よっしゃ。では、善は急げや。これから坂口先生の所に参りましょ」

「こ、これからですか？」

英夫さんが驚きの声を上げた。

「そや。さ、はよ準備しましょや」

そう言って、鳥井さんは父とすぐに身支度を整えて、東京へ出発した。本当に鳥井さんの行動力といったら、驚くばかりだ。

東京に到着すると、辺りは暗闇に包まれていた。二人は、一目散に坂口先生のお宅を目指し、門を叩いた。

「川上さんに鳥井さん、一体こんな夜更けにどうしたんですか」

寝間着姿の坂口先生が玄関先に現れた。

「いや、こんな遅い時間に申し訳ない。折り入って相談したい件があって」

「すぐにお茶をお持ちしますね」

客間に通された二人に坂口先生の奥様、カウさんがすこし眠そうな顔をしながら、挨拶をした。

「それで、相談したい件とは何ですか？」

「まずは、岩の原の素晴らしいぶどうに出合えたこと、先生が川上はんを紹介してくれたおかげですわ。ほんまに感謝ですわ」

「いえいえ」

「さて、本日来た用件は、赤玉ポートワインの売れ行きが予想以上のために、需要に供給が追い付かへんのや。岩の原葡萄園以外に、もっとぶどうを栽培できる場所がないか。先生であれば、全国から色々な情報が入ってきていると思うんで、どこか良い場所を教えてもらえへんやろか」

「そ、そうですね。いきなりそう言われましても」

と、坂口先生は腕を組んだ。しばらくして、

「そうだ、山梨県の北巨摩郡登美《とみ》村※に巨大な土地を開墾してできた登美農園がありますが、数年来の経営不振で昭和７年９月に国税局の管轄下で差し押さえられているとの話がありました。おそらく今は銀行の抵当に入って放置されたままだと思います」

「広さはどのくらいですか?」

「確か一五〇ヘクタールはあったかと思います」

鳥井さんが父の顔を見ると、

「岩の原は二十三ヘクタールだから、六倍は優にあるぞ」

と、父が答えた。

「そんな広い農園が手つかずのまま残っているとしたら、そこで、マスカット・ベーリーAをはじめとする川上はんの品種を栽培できるとしたら、供給不足なんて一気に解消しますな」

「よし、山梨へ行ってみよう」

「そうやな、川上はん。坂口先生、明日の予定は空いとりますか?」

「ええ、お休みですが」

※現在の山梨県甲斐市

「ほな、決まりや。明日の朝、迎えにきますさかい、山梨までご同行願います」

「それでは、今日は失礼するよ」

「あ、ちょっと」

そう言って、鳥井さんと父は、すたすたと坂口宅を後にした。

「お待たせしました」

カウさんがお茶を持ってきたが、そこにはすでに二人の姿はない。

「鳥井さんと川上さんは？」

「もう帰ったよ」

「まあ…」


次の日の朝、鳥井さんと父は坂口先生を連れて、山梨県へと向かった。

汽車にしばらく揺られ、最寄り駅に到着し、タクシーに乗り換えて、一行はかつて登美農園と呼ばれた地に降り立った。

登美農園は、明治42（1909）年、中央鉄道の敷設工事を請け負っていた少壮気鋭の実業家であった小山新助《こやましんすけ》という人物が、ぶどう栽培の日照条件に最適な南面傾斜の丘陵に目を付けて、登美農園（又は小山葡萄園）として拓いたのが始まりだ。

風光明媚なこの葡萄園は茅ヶ岳の麓近くにあり、葡萄園からは甲府盆地が手に取るように眺められ、向かい合うように富士山の姿が見える。

三人が訪れた時、登美農園はすっかり荒廃していて、昔の葡萄園の跡には実生《みしょう》の松が一面に生えていて、それがこぶしほどの太さになっていた。しかし、父と鳥井さんはその状況を喜んだ。

「すごい、すごいで。こんな広大な農園が誰の手にも渡っていないなんて」

「鳥井さん、ここは岩の原のような北面傾斜ではなく、南面傾斜だからいい葡萄園になるぞ」

「川上はんの品種改良で誕生した優秀な品種をここに植えたら、きっと素晴らしいぶどうが実りますよって」

「ああ。ここで、マスカット・ベーリーAを栽培することを想像しただけで、興奮が収まらないよ」

鳥井さんと父はお互いに手を取り合って涙を流した。

しばらくすると、父は自分の手を両肩に回し、腕をさすり始めた。鳥井さんと共に後先を考えずに、軽装のまま出発してしまったため、甲府盆地の寒さが身にこたえ始めたのだ。鳥井さんはとっさに自分の着ていたオーバーを脱いで、父に優しく着せかけた。

「すまない、鳥井さん」
「気にせんといてください」
そんな微笑ましい二人の光景を、坂口先生は静かにそして、優しく見守った。
昭和10（1935）年、晩秋のことだった。

登美農園は日本勧業銀行が競売申し立てを行い、昭和11（1936）年8月競売決定となり、10月、株式会社寿屋のものとなった。坂口先生の案内で鳥井さんと父が登美の丘に立ってから、約一年が過ぎていた。意外と交渉が長引いたが、そこは鳥井さんの「やってみなはれ」の信条のもと、持ち前の行動力で、国税庁、銀行対策を見事に突破。問題を解決に持ち込んだのだった。

鳥井さんは手に入れた登美農園を「寿屋山梨農場」と名前を改めた。そして、すぐに復興計画を描いた。栽培の陣頭指揮はもちろん、父だ。

「日本でも名高いぶどう研究家である川上善兵衛翁が陣頭指揮を執って、一から葡萄園を復興する」

その噂は登美村に瞬く間に広がった。すると、そんな有名人の下でぶどう栽培を習いたい、学びたいという若者たちが次から次へと集まり、山梨農場は若き作業員たちの熱気に満ち溢れた。そして、多くの人々の注目が集まる中、スタートした。

しかし、その復興は決して生易しいものではない。約十年もの間、放置されていた農園は荒れに荒れ、目も当てられない惨状だ。雑草が生え放題の畑の上に、ぶどう棚が潰れ、支柱が倒れ、針金が地面をはっている。そこで、父たちは区画を整備し、棚を修復し、車道の修築や排水路の整備など、農園を元の姿に戻すことから始めていった。

父はぶどう栽培に夢を持った若者がたくさんいることに喜びを覚え、農園の復興、ぶどう栽培の指導にも自然と熱が入った。しかし、

「川上先生、少しお疲れではないですか？」

作業員の一人がそう声をかけた。

それもそうだ。この時父は六十七歳。登美村の農園だけではなく、地元の岩の原葡萄園もある。父は高田と山梨の往復を何回も行い、それぞれでぶどう栽培に励むという二重生活を送っていたのだ。最高のぶどうを作るその気持ちだけで、体を突き動かしていたが、とうとう無理がきてしまい、昭和12（１９３７）年３月、復興作業から半年程度で父は山梨行きを断念した。それは、体だけでなく、この年の１月に精神的支柱を失ったことも大きかった――。

それは突然やってきた。達子さんがここ数日体調を崩し、床に伏すようになったのだ。達子さんの容体を心配し、私も時々お見舞いや看病で、本宅に足を運んだ。

「トシさん、解雇となった従業員の皆さんの次の働き口は見つかったかね？」

「ええ、もうすぐ決まるそうですよ」

病にあっても達子さんは気配りを欠かすことはなかった。父も達子さんのもとに寄り添っていた。

しかし、容体は改善せず、逆に悪化。1月6日の夜から絶対安静の状態に陥った。それまで珍しく雪のなかった葡萄園に一メートル程度の雪が一度に降り、辺り一面が銀世界と化した。そして、1月13日、容体は回復することなく、父をはじめ、子どもたちや孫、親類縁者が見守る中、逝去された。六十三歳だった。

父はただひたすらに達子さんの手を取って、感謝の言葉をかけ続けていた。子爵の娘でありながら、葡萄園主の妻として飾らず威張りもせず、結婚してから三十七年間、一身に父を支えた。私も娘として、心から感謝している。ありがとう。新会社がスタートし、葡萄園にも光明が見え始め、ようやく達子さんも何不自由ない生活を過ごすことができると思った矢先の出来事だった。父は胸をかきむしられるような思いで、達子さんに最後のお別れを告げたのだった。

「ええ？　そんなお話が」

英夫さんから山梨農場の話を聞いた私は、大声を上げずにはいられなかった。父の山梨行きの断念からほどなく、山梨農場の責任者が、英夫さんに農場長を務めてもらいたいと依頼してきたのだ。さらに父も、

「英夫よ。私からも頼む。私はもう歳だ。山梨へ行くことは難しい。しかし、山梨には多くの作業員が指示を待っている。是非、お前が彼らを導いてくれ」

と、言ってきた。迷った英夫さんは私にいきさつを話してくれたのだ。

今、私たち夫婦はさらに男の子を三人授かり、子どもが四人に増えた。その上、その子たちはまだまだ育ち盛り。そんな中で父親が不在になるのはとても心配。その一方で、父から離れて、英夫さんに自分の思い通りにぶどう栽培をさせてあげたいという気持ちもある。

なかなか踏ん切りがつかない私は、子どもたちの気持ちも聞いてみた。

「ねえ、スミ子、正夫、忠夫、昭。聞いて」

「なんだい、お母さん」

「実はお父さんが山梨へ行って、農場長としてぶどうを作ってほしいと頼まれているの」

「へぇ、農場長すごい！　けど、おじい様は行かないの？」

「ええ。おじい様はもう歳だから、お父さんに来てほしいというお話なの」

「へえ、いいんじゃない」

「けどね。そこへ行くと、しばらくお父さんは帰ってこないの。寂しくない？」

隣にいる英夫さんには悪いと思いながら、私は誘導尋問をしていた。しかし、意外な答えが返ってきた。

「うーん、大丈夫。ぶどう栽培をしているお父さんの姿、格好いいもん。お父さんにぶどう栽培を頑張ってほしい」

「僕たちなら大丈夫だよ。お母さんに叱られないように頑張るさ」

「お、お前たち」

その言葉を聞いて、私と英夫さんは涙ぐんでしまった。

「そうか、ありがとうな」

英夫さんは子どもたちを一人一人抱きしめていった。子どもたちが立派に育って私もうれしい。英夫さん、体に気を付けてくださいね。

4月になり、英夫さんは山梨農場の農場長に就任、山梨へ赴任した。岩の原から数人の従業員も連れていくことになり、その中に平蔵もいた。

「若旦那のことは俺に任せろ」

平蔵はにこやかに笑って、出発した。

山梨農場に到着すると、英夫さんは川上品種のマスカット・ベーリーAをはじめ、数種類のぶどう栽培を進めた。面積一五〇ヘクタールにも及び、九つの丘があるこの農場を人の足のみで回ることは容易ではなく、英夫さんは、馬上から各所を回って、指示を出した。

山梨農場での英夫さんの働きは目覚ましいものがあった。川上善兵衛という巨大な存在が岩の原葡萄園では英夫さんの大きな足かせになっていたようだ。山梨農場では、実に生き生きと、そして、川上品種の栽培を次から次へと成功させ、その収穫量をどんどん伸ばしていった。山梨農場は英夫さんの指揮の下、見事に復興を果たし、東洋一とも言える大葡萄園が誕生したのだった。

「若旦那、ここの農場はとんでもなく広いなあ。この光景、岩の原と規模が全然違う。見渡す限り、ぶどう一面だ。紫色の海原が広がっているようだよ」

平蔵は興奮を隠せないようだ。

「平蔵も風流なことを言うんだな。君たち、作業員のおかげだ。僕は何もしていない。見守っていただけさ。ほんとによく育ってくれたよ。ありがとうな、お前たち」

英夫さんはぶどうの実を優しく手のひらの上に載せた。

「若旦那はいつもぶどうを見ると、そんなふうに話しかけるね。まるで人間に話しかけているようだ」

「はは、そのように見えるかい？　間違っていないな。僕はね、このぶどうを自分の家族のように思って育てていたんだ」

「へえ、面白いね」

「特にこの品種は色々と思い入れがあるからね。僕たち家族の、いや、皆の救世主となったぶどうだからね、このマスカット・ベーリーAは」


「こ、これはもしかして」

英夫さんたちは、山梨県内のぶどうの苗木販売会に来ている。主に甲州と呼ばれる品種を中心に、欧州種や米国種も複数ある中で、数本の苗木を見て、英夫さんの足は止まった。

「どうした？　若旦那？」

平蔵が尋ねた。

「平蔵見てみろ。この苗木。マスカット・ベーリーAにそっくりじゃないか？」

「確かに。そっくりだ」

「おい、オヤジ。この苗木だけど…」

英夫さんが苗木商に声をかけた。

「おっ！　兄さん、お目が高いねえ。これは最近品種改良で生み出された『サンキュウ』という品種だよ。病気に強い上に、多産で、ワインにも向いているという優れたものだよ」

「おい、これはどこで手に入れたんだ！」

英夫さんは、苗木商に詰め寄った。

「こ、こ、これは、新潟県のとある農家が送ってきたんだよ」

「でたらめを言うな！」

「うそなんかじゃねえ。全国の果樹・園芸試験場に無償で配られているという話だ。そこから分けてもらったんだ。ほら、あっちの苗木屋だって同じものを売ってるだろ？」

「ど、どういうことだ。大旦那はせっかく苦労して作った品種を配っているのか？」

あまりの出来事に、英夫さんと平蔵はしばらく顔を見合わせた。そして、真相を確かめるべく、岩の原に戻ることにした。

「ただいま！」

「あ、お父さんだ！　平蔵もいる！」

「平蔵もってなんだ？　お帰りなさい、平蔵さん、だろ？」

数カ月ぶりの帰宅に川上家が大いに盛り上がった。

「お帰りなさい。英夫さん」

「ただいま、トシ」

英夫さんはとても元気そうで、私は安心した。

「おお、英夫、帰ったか」

そこに父が顔を出した。

「ええ、お義父さん。山梨農場は順調ですよ」

「そうか、それは良かった」

「ところで、一つお話があります」

神妙な面持ちで英夫さんが話し出すと、父は、

「書斎で聞こうか」

そう言って、二人は父の書斎に移動した。

「やはり、無償で配っている話は本当だったんですね」

「そうだ」

「でも、どうして？　あんなに苦労したのに。そんな簡単に提供していいんですか？」

「英夫、私は金儲けのために品種交配をしたのではない。この日本の気候風土に適したぶどうを作りたいという思いで行ったのだ。そして、理想通りの品種ができた。そうしたら、その成果をより多くの人にも享受してもらいたいのだよ。日本の至る場所でマスカット・ベーリーAが育てられるようになれば、外国から高い金を出してぶどうを買い付ける必要もなくなる。日本経済にとっても利点があるのだ」

「こんな時になっても、自分のことではなくて、他人や日本全体のことを思っているなんて。もう、言葉がありません」

と、二人の間で笑みがこぼれた。

「失礼します。先生、早く次の作業を教えてください」
五、六人の若者が書斎の戸を開けて現れた。
「おお、すまん。交配作業の途中であったな。すぐに行こう」

「え？　ちょっと。お義父さん？」

「続きはあとでな、英夫」

そう言うと、父は若者と一緒にメンデル区に行ってしまった。

「あの人たちは練習生よ」

父と若者の背中を眺める英夫さんに、私は話しかけた。

「練習生？」

「ええ、英夫さんたちが山梨農場へ行った後、しばらくして練習生を受け入れることになったの。会社としての組織作りと後継者の育成が目的なんですって。鳥井さんと相談して決めたそうよ。薬師院で下宿して、学んでいるの。皆、とても熱心で、父を『先生、先生』って言って、色々質問してくるのよ」

「へえ、そうなのか。まったく、あの人は」

その時の少し困りつつもうれしそうな英夫さんの笑顔がとても印象的だった。


今日は、坂口先生や鳥井さんなどを招いたワインの新酒会だ。皆、新酒の味わいに酔いしれていた。

「坂口君、実は今までの品種交配の成果を論文にまとめて発表したいのだが」

と、父が坂口先生に話しかけた。

「それは素晴らしい。是非進めましょう」

「何の話ですかい？」

鳥井さんが質問した。

「川上さんが論文を書かれるそうです」

「おお！　けど、川上はん、数年前に『実験　葡萄全書』全三巻を発表したところやろ？　あれが川上はんの集大成では？」

「ええ、その通り。しかし、あの本を執筆していた時は、まだマスカット・ベーリーＡなどの優良品種は生まれていなかった。それをまとめたいんだ」

「あいかわず研究熱心やな。それで、どんな論文になるんや？」

「私が思うに、きっとこの論文は日本中の農業者の度肝を抜く内容となるはずだ」

と父は自慢げに話す。

「坂口先生ほんまか？」

「ええ、川上さんは品種交配実験で、病気に強いなどの樹木の性質は、母方の樹の特徴を遺伝する割合が高く、反対に香りが良いなどの果実の性質は、父方の樹の特徴を遺伝する割合が高いことを明らかにされました。ここから、母本を米国種、父本を欧州種にすることで、優良な新品種を生み出す方法を編み出したのです。これは、日本の農業界に大きな衝撃をもたらすでしょう」

「しかし、苗木の件もそうだが、手の内を全て明かすのはどうやろか？」

「いえ、鳥井さん。お国のためにも、日本のワインの発展のためにもこれは発表するべきだ」

と、父が熱を込めて話すと、鳥井さんは手をぽんと叩いた。

「分かったで！　それでこそ川上はんや。論文として発表するからには、客観的な裏付けが必要やろ？　実験データ収集にかかる費用はわてが負担しまっせ」

「私も大学の研究室を上げて協力いたします」

「どうもありがとう。それでは、私の壮大な実験の総仕上げといきましょう」

昭和12（1937）年から15年にかけて東京大学農学部の研究室や寿屋の研究所で、化学分析と官能テストによるワイン評価が行われた。その実績データを携えて、父は昭和15（1940）年、『園芸学会雑誌』に「交配に依る葡萄品種の育成」という論文を発表した。

ここで、マスカット・ベーリーAをはじめとする優良品種二十二種が紹介された。この二十二品種が誕生するまでに、父は一万株を超える数の人工交配を行い、その中でも、結実まで至ったものはわずか約一割の一一〇〇株ほどであった。実に時間と手間、そして根気が必要とされる作業を父はやり遂げたのだ。この二十二品種は後に川上品種と称されるようになる。その取り組み内容は一民間人が行う範疇を超えており、本来であれば国などの研究機関が日本国全体の発展のために行うべき研究に匹敵するほどの内容だった。

この論文が発表されると坂口先生が予言した通り日本農業界に大きな衝撃が走り、その翌年、日本農学会は我が国農学会の最高賞である「日本農学賞」を父に贈った。

この日、日本農学会は午前9時から赤坂三会堂で会員四〇〇名余りが出席して、春季総会を開いていた。

「以上、開会の挨拶とさせていただきます」

壇上では会長の安藤広太郎《こうたろう》氏が挨拶を終え、大勢の出席者の拍手を受けていた。

ステージ上に目をやると、燕尾服に袖を通した五人の男性が着座している。各人、多少の緊張をしているようだが、とても晴れやかで、幸せに満ちた表情をしている。そして、一番右側の席には、他でもない私の父が、誰よりもこの受賞の喜びを壇上で噛みしめていた。「それでは、本年度における日本農学会賞の授与に移ります」と、司会者が次々と受賞者の名を読み上げ、父の番となった。

「続きまして、新潟県高田市、川上善兵衛様、論文の題名は『交配に依る葡萄品種の育成』です。おめでとうございます！」

満場の拍手と、多くの人々の称賛を背に受けて、父は壇上の真ん中に歩を進める。

「日本農学会は、川上善兵衛君の論文『交配に依る葡萄品種の育成』に対し、本学会農学奨励規定に依り茲《ここ》に農学賞牌並《ならび》に富民協会賞金を贈呈します。昭和十六年四月五日日本農学会会長農学博士安藤広太郎」

と、賞状が読み上げられ、父に手渡された。

すると、会場内はこれまでにない大きな拍手に包まれた。

父の喜びはひとしおだった。過ぎ去りし日々の苦難の数々が父の頭の中をよぎったことだろう。これまでの辛さもこの日を迎えたことで、少しは解き放たれたと思う。

この日まで父の研究に協力してくれた人々のことを私は追想した。

今回の論文に加え、『実験　葡萄全書』をはじめとした著書や論文に対する助言、さらに公私にわたって父を支えてくれた坂口先生。岩の原葡萄園の経営が暗礁に乗り上げ、破局を迎えそうな時、手を差し伸べて経営危機を救い、父の研究にまで支援をしてくれた鳥井さん。この四年前に今日の栄誉を知ることなく世を去ってしまった達子さん。そして何よりも葡萄園の経営と人工交配の研究に意見の衝突を繰り返しながらも粘り強く助けてくれた英夫さん。

席に戻った父は、目頭を押さえるようなしぐさを見せた。

「見て、英夫さん。お父さんが泣いている。あのお父さんが…」

私の頬にも大粒の涙が流れ落ちてきた。

おめでとう、お父さん。おめでとう。

この日表彰された五人の方々は、それぞれ受賞論文の講演会も行った。

「私は人工交配によるぶどうの品種育成について、述べさせていただきます」

と、父は五人の最後に登壇し、熱弁をふるった。そして、多くの人々がその講演に熱心に耳を傾けたのだった。


父の日本農学賞受賞の喜びも束の間、社会に目を向けると、太平洋戦争が激しさを増し、軍需物資不足を補うため、金属や宝石、ゴムといった資源の回収が次々と進められ、私たちの生活にさまざまな影響をもたらしていた。ワイン業界では、ワインの中から採取できる重酒石酸カリが軍需的に有用であると分かると、ワインの増産に拍車がかかり、岩の原葡萄園を含む国内のワイナリーが、ワインの増産と酒石酸の供出を命令された。

そのため、市中に出回っているワインは、味は二の次。酒石酸の供出のため酸が抜き取られ、香りも味もなく、長い保存にも耐えられないアルコール飲料へと変貌していった。そんなぶどう「酢」のような酒でも地域の村人たちはありがたく飲むほど食糧事情は窮境に達していた。

戦局がさらに厳しくなる中、息子の忠夫が、山梨にいる英夫さんとの一年間の生活を終えて元気に帰ってきた。

「ただいま！　母さん！」

「お帰り、忠夫。無事に帰ってきてうれしいわ。お父さんは元気だった？」

「ああ。父さんと山梨で一緒に生活できて良かったよ」

浪人の身分で、実家にいるのは肩身が狭いから。そんな理由で忠夫は山梨へ行っていた。

「山梨農場の中腹にある眺富荘《ちょうふ》という所が父さんの住まいで、僕は勉強の傍ら仕事も手伝って、薪を切って牛で運ぶのが日課だった。父さんは農場で働く全ての人から信頼され、尊敬されていたんだよ。僕は鼻が高かったなあ」

と、忠夫は、英夫さんとの思い出をとても楽しそうに語った。

「父さんは本当にお酒が大好きで、仕事が終わるとよく飲んでいたよ。『黄昏の一杯が最高』って言ってね。登美の丘からの風景はすごくきれいで、父さんはよく眺めていたんだけど、もしかしたら、そこから見る風景と岩の原の見晴らし台から見る風景を重ね合わせていたのかもね」

英夫さんは山梨農場で、これまでにないほど生き生きと働いていたようだ。

「そうそう、山梨から帰る途中、ちょっと寄り道をして、静岡にいるおじい様にも会ってきたよ」

「えっ？　そうなの？」

忠夫の言葉に私は驚いた。

静岡にいるおじい様とは、父・善兵衛のことだ。父は二十年も前から、

「こんなに寒くては書くことも考えることもできない」

と言って、長くて寒い冬の高田を離れて静岡県の興津《おきつ》（現在の静岡市清水区）で過ごすようになっていた。目的は当時進めていた『実験　葡萄全書』の執筆のためだが、ワイン造りに対して新しい感覚を持つ英夫さんたち若い世代に取り残されつつあると感じていたようで、自分を見つめ直すためでもあった。興津には園芸試験場もあり、滞在するには好都合の場所だった。

知人の紹介で清見寺《せいけんじ》というお寺の離れの「不二庵《ふじあん》」を借りて単身で自炊生活をしながら著作に励んだ。父はここでの生活を特に気に入り、冬になると、ほぼ毎年静岡で過ごすようになった。

忠夫はそんな父の生活が気になったようだ。太平洋戦争の最中、しっかりと生活ができているのか、確認してくれた。

予想通り父の静岡生活にも戦争の影響が色濃く出ていた。一番困っていたのは食糧だ。食事は自炊で一日に二食に限っていたが、それでも食料を調達することは容易ではなかったようだ。今回、出発に当たってはハムなどの食料を地元でたくさん買い込んで、静岡に持ち込んでいたが、それでも苦しい生活であった。

しかし、私はそこまで大きな心配をしていなかった。なぜなら興津に近い清水で漁業会社に勤めていた森田村の素封家丸山左門《さもん》さんの長男一家が時折、父の身回りの世話をしてくれていたからだ。

忠夫が食事の心配をすると、

「大丈夫。朝、ワインを一杯飲めば食事は事が足りる」

と、父は笑って答えていたそうだ。

昭和19（1944）年4月30日、株式会社岩の原葡萄園では役員全員が任期満了に伴い、改選が行われた。そこで、鳥井さんは父を社長に推薦した。

十年前の会社設立時に鳥井さんが肩代わりした、父の個人負債五万円の清算も終わったことを機に、父に経営権を渡す心づもりだった。

父は鳥井さんのおかげで、負債を全て返済し、社長という要職を得て、自らが再び先頭に立つ時期がきたのだ。しかし…。


「ただいま、トシ。静岡から戻ったぞ。ううっ…」

「お帰りなさい、どうしたの！　お父様！」

玄関先でうずくまっている父を見て、私はすぐに子どもたちと共に寝室へ連れていった。

「大丈夫だ。静岡からの長旅で疲れが出ただけだ。寝ていれば治る」

そう言って、父は私たちを部屋から追い出した。翌日、

「お父様、寝ていなくても大丈夫なの？」

「ああ、大丈夫だ。ゴホッ、ゴホッ。少し風邪をひいてしまったようだがな」

咳をしながらもいつものように働く父を見て、私は父の症状がすぐに治ると安易に考えてしまった。数日後、

「お母さん、大変。おじい様が！」

娘のスミ子に呼び出されて、父の寝室に向かうと、そこには高熱と咳でうなされている父がいた。な、何てこと。

「早くお医者様を！」

急ぎ医師の往診を受けると、急性肺炎で呼吸困難が起きているということだった。

もっと父に休むように言うべきだった。私は、一体、何をしていたの？　自分を責めた。

「川上先生、大丈夫ですか？」

練習生たちも父のもとに駆け付けた。

「おお、さあ、ぶどうの勉強を再開しようか」

「何を言っているの！」

こんな状況でも働こうとする父を必死に説き伏せ、私は看病を続けた。

しかし、父の病状は一向に回復する兆しが見えない。それどころか刻一刻と病魔が父の体を蝕み、その命を奪い去ろうとしていた。

「ゴホッ、ゴホッ。ぶどうの世話は大丈夫か？」

「ええ、大丈夫。安心して」

「そうか、ううっ」

高熱と咳に苦しみながらも父はぶどうのことばかりを口にしていた。父の生への執着はすさまじいものがあった。死んでたまるか。そんな魂の叫びが聞こえてきそうなほど、病魔と懸命に闘っていた。

「先生、父は、父は大丈夫なんでしょうか？」

「善兵衛さんは、気力で持っています。それが命を支えているのです」

と、医師は答えた。

父の看病に明け暮れる日々が続いた。そんなある日、

「トシ、トシよ」

「はい、何ですか？」

父の顔に耳を近づけた。

「もし、わしが死んだら、わしの灰を葡萄園の隅々に撒いてくれ。葡萄園に、ぶどうの樹の中にいつまでも生き続けたいんだ」

「何を言っているの？　お父様、しっかりして！」

父の顔からどんどん生気が失われていく。

私は父の手をしっかりと握りしめた。

「はあはあ」

ダメ、こんな苦しそうな父を見ていられない。

「ぶどうを頼む」

絞り出すように言葉を発し、父の手が私の手中からするりと滑り落ちた。そして、その手は私の手を二度と握り返すことはなかった。

社長に就任してから二十一日目の昭和19（１９４４）年5月21日の朝、父は遂に帰ら

ぬ人となった。七十六歳という年齢では病魔に打ち勝つことはできなかった。その訃報は新聞を通じて瞬く間に伝えられ、その死を多くの人々が悼み悲しんだ。

鳥井さんや坂口先生、英夫さんも父のもとに駆け付けたが、父の死に際には間に合わなかった。

「死の直前まで、ぶどうのことを考えているなんて、あの人らしいな」

そう英夫さんがつぶやいた。

父の葬儀は、社葬として5月23日同園で執り行われた。戦時体制下で交通の便もままならない時にもかかわらず、この地方の名士は言うに及ばず、村内外から三〇〇人余りの列席者が駆け付けた。

遺灰を「葡萄園の隅々に撒いてくれ」という父の願いを叶えることはできなかったが、葡萄園の園地続きで、川上家の先祖代々の墓がある薬師院の墓地に、父は法号「松心院釋善照」となって納骨された。

その時、英夫さんが川上家の墓が大きいので、

「こんな大きな墓だから、この後もまだまだ入るな」

と、冗談めいて話した。そのたった二カ月後、夢にも思わぬ出来事が起こるなんて。

ガシャーン。

ワインの瓶詰め作業をしていた私は、誤って瓶を落としてしまった。

「ご、ごめんなさい。すぐに片づけるわね。痛っ！」

私は割れた破片で指先を切ってしまった。

「奥様、ここは私たちにお任せください。少しお休みになったらどうですか？」

そう言われて私は指先の治療のため、私宅へ戻った。

何かしら。胸のドキドキが止まらない。

すると、

「奥様、大変です」

一人の従業員が息を切らして駆けてきた。

「こ、これをご覧ください」

と、震える手で一通の電報を私に手渡した。私は恐る恐る手に取り、読み始める。

「うそ、うそよ、そんなことがあるなんて」

そう何度も口にすると、急に目の前が真っ暗になった。


「ここは？」

「お母さん、大丈夫？」

スミ子が私に声をかけてきた。私はなぜか布団の中にいた。

「ええ、大丈夫よ。私はどうして、ここにいるの？」

そう、急に目の前が暗くなり、その後の記憶がない。なんでそうなったかを一つ一つゆっくり思い起こそうとした。すると、あの電報を思い出した。

「スミ子！　お父さんは？　英夫さんは？」

私は、いるはずもない英夫さんの姿を探した。

「お母さん…」

スミ子があの電報を手にしていた。

「カワカミヒデオ、シス」

電報にはそう書かれていた。大粒の涙が頬を伝って次から次へと流れ、私はスミ子と抱き合った。

「トシ、すまねえ。俺が、俺が、ついていながら、若旦那を守れなかった。すまねえ」

その後、身支度を整えて急いで山梨農場に駆け付けた私とスミ子に、平蔵はただただ謝るばかりだった。

平蔵と共に山梨農場の中腹にある眺富荘へ移動し、英夫さんの部屋に入ると、そこにはベッドの上で眠ったかのように横になっている英夫さんがいた。

「英夫さん！」

と、枕元まで駆け寄り、私は声をかけたが、目を開けることはなかった。

冷たい…。

その頬に手を当てると、肌のぬくもりは全く感じられず、凍り付いたようだった。死因は心臓まひ。英夫さんはもう目を開けることはない。その現実を目の当たりにした時、私は周囲に大勢の人がいるにもかかわらず、大声を張り上げて涙を流し、英夫さんに抱きついた。北方で涙が枯れるほど泣きつくしたはずなのに、涙が止まりそうにない。

えびかずら　われつちかわむ　巨摩の里　登美の御山に　命終うまで

これは、亡くなる直前に英夫さんが坂口先生に送っていた歌だそうだ。「えびかずら」とは、ぶどうのことを指す。命尽きるまで、登美の丘の地でぶどう栽培をしていく。そんな決意が窺える歌だそうだ。

「まさか、歌が現実になるとは」

「五十五歳だって。まだ若いのに」

やめて。周囲のそんな声に必死で耳を塞いだ。

永遠の眠りについた英夫さんとの対面を終えて、私は英夫さんが好きだったという登美の丘の景色をスミ子と一緒に眺めた。

「英夫さんはよくこの風景を見ながら大好きなお酒を飲んでいたらしいわ。ねえ、スミ子。私、英夫さんが登美の丘へ行く時、止めれば良かったのかな？　必死に反対すれば良かったのかな？」

「お母さん…。いいえ、お父さんはきっとお母さんに感謝してたはずよ。こんな広大な土地で大好きなぶどう作りを思う存分できたんだもん」

「ありがとう、スミ子」


「トシ、このぶどうの若木を一緒に岩の原に持って帰ろう」

平蔵がそう言ってきた。

「これは若旦那が、トシたち家族みたいに可愛がって育てていたぶどうの若木だ。いつもお前や子どもの名前を呼んで、大切に世話をしていたんだ」

「そうなの？」

「ああ、若旦那は山梨農場の復興に情熱を注いでいたが、家族のことは一時も忘れていない。若木に家族の名前を付けて大事に育てていたくらいだ。若旦那の心のこもったこのぶどうの樹を連れて帰ってくれ。心だけでもトシたち家族と一緒にいられるように」

「ああ、英夫さん」

私は平蔵から若木を受け取り、しっかりと抱きしめた。

「ねえ、お母さん」

スミ子が私の腕にそっと手を添えてきた。

「今頃、おじい様とお父さんは、天国でぶどうのことばかり話しているのかな?」

「そうね。ふたりともぶどう栽培に全力を尽くしていたからね」

私は溢れる涙をこらえるかのように、空を見上げた。

その後、ぶどう作りのリーダーを一気に二人も失った岩の原葡萄園と寿屋山梨農場は、何度も大きな危機に直面した。しかし、鳥井さんの人並み外れた経営手腕によって、それらの危機を見事に乗り越え、ぶどう作りは脈々と後輩たちの手で引き継がれていった。

そして、英夫さんの死から六年後の昭和25（１９５０）年、私は一緒に帰った若木の成長を見届けながら、父と夫のもとへ旅立った。

ぶどう畑の中を爽やかな風が流れている。青々とした小さなぶどうの実は、これから梅雨の長雨に耐えた後、真夏の太陽の日差しをたくさん浴びて、日を追うごとに大きさを増していく。頸城平野が金色の稲穂に染められる頃には、紫色の宝玉のように、たわわに実り、辺り一面甘い香りに包まれることだろう。

私と共に帰ったあのぶどうの樹は、時を超えて今も岩の原葡萄園で立派に育ち、今年もまた多くの実を付けるだろう。

ぶどうの葉がそっと揺れている。

あとがき

東京駅から北陸新幹線で揺られること約二時間。上越妙高駅で下車すると、戦国武将・上杉謙信ゆかりの地、新潟県上越市にたどり着く。駅からさらに車を飛ばし、二十分ほど。米どころ新潟の田園風景の中に、小説の舞台である岩の原葡萄園がある。

その敷地に入ると、最初に善兵衛の胸像が出迎えてくれる。そして、工場やワインショップなど新しい建物が立ち並ぶ中、約一三〇年前に建設され、いまだ現役の第一号及び第二号石蔵がひっそりと佇む。さらに川上品種を今もなお継承して栽培し続けるぶどう畑に歩を進めると、まるでタイムスリップしたかのように善兵衛やトシたちの息づかいが聞こえてくるようだ。

善兵衛が残した功績は何か。地元上越でも即答できる人は多くない。善兵衛に関する認知はまだまだ不十分。だからこそ、小説にして彼のあゆみを多くの人に知っていただきたい。そんな思いから執筆が始まった。小説の完成に至るまで、様々な苦悩があった。なかなか筆が進まず頭を抱えた日々、睡魔との闘い等。しかしながら、ここまで川上善兵衛と

いう人物とひたすら向き合い続けることは無かった。その時々の善兵衛の心情に語り掛け、対話を重ねてきた約四年間の執筆活動は、逆に幸せな時間だったのかもしれない。

そして、この度小説の書籍化が叶い、皆様のお手元にお届けできることは誠に幸甚である。出版にあたりご協力いただいた多くの皆様にこの場を借りて厚く御礼申し上げる。

なお、本稿の構成において、木島章著『川上善兵衛伝』（サントリー博物館文庫　一九九一年）を主に参照とした。その他の参考・引用文献は、『川上善兵衛ものがたり〜次女・トシが描く「日本のワインぶどうの父」の姿〜』（岩の原葡萄園発行　二〇二一年）の巻末に掲げた一覧をご確認いただきたい。

また、桑原圭司氏、川上洋氏、上越市立歴史博物館 花岡館長には多大なる御教示を賜った。この場を借りて厚く御礼申し上げる。

新潟の片田舎から始まった彼の物語は、その高い志と情熱によって、日本全国に影響を及ぼす壮大なドラマとなった。「川上の馬鹿棒」が「日本のワインぶどうの父」へと大きく成長を遂げて行くその過程を、拙い文章ではあるが、本著を通じて一人でも多くの読者に知っていただけることを切に願うものである。

二〇二五年三月十日　　　　　　渡辺　真守

渡辺 真守 （わたなべ・まさもり）
1978年新潟県胎内市生まれ
新潟大学大学院修了（修士）
公務員を経て、2020年岩の原葡萄園入社

葡萄色の夢を追いかけて ～川上善兵衛ものがたり～

令和7（2025）年3月10日 初版第1刷発行

著 者 渡辺真守

発行人 佐藤明

発 行 株式会社新潟日報社 読者局 出版企画部
〒950-8535 新潟市中央区万代3丁目1番1号
TEL 025（385）7477 FAX 025（385）7446

発 売 株式会社新潟日報メディアネット（メディアビジネス部 出版グループ）
〒950-1125 新潟市西区流通3丁目1番1号
TEL 025（383）8020 FAX 025（383）8028

印刷・製本 株式会社ジョーメイ 装画 荒井晴美

この物語はフィクションです。

ISBN 978-4-86132-872-5